ALL IN

3

under the gun !

DESSIN : STUDIO XIAN NU

SCÉNARIO : N'DISH

HISTOIRE CRÉE PAR N'DISH ET IRONS.D

chapitre 11

7, 8 DE CŒUR ET 2 DE TRÈFLE... TU ES PETITE BLIND, C'EST À TOI DE PARLER...
HUMMM...
JE METS 5 !
10 ANS PLUS TÔT... RÉSIDENCE MÜLLER
HEY ! MAIS ELLE A PAS LE DROIT ! HEIN, CATHY ? HEIN QUE J'AI RAISON...

STÉPH, ARRÊTE DE FAYOTER ! ET TOI, FANNY, EFFECTIVEMENT TU N'AS PAS LE DROIT DE FAIRE CETTE MISE DE DÉPART...
DEALER
MAIS C'EST À MOI DE PARLER... JE METS CE QUE JE VEUX, C'EST TOI QUI M'AS DIT !
HA HA
HA HA
HA HA
HA HA
HA HA
EN FAIT, TU PEUX METTRE CE QUE TU VEUX, MAIS TU DOIS METTRE AU MOINS LE MÊME MONTANT QUE LA BLIND ! OU PLUS, SI TU EN AS ENVIE.

MAIS ?! TU SAIS CE QUE TU FAIS, AU MOINS ? 200, C'EST BEAUCOUP !
200 ?...
STÉPH, JE CROIS QUE TA PETITE SŒUR VEUT MISER... ELLE DOIT AVOIR UNE PAIRE OU DES CARTES HAUTES...
MAINTENANT, C'EST À TOI DE DEVINER CE QU'ELLE PEUT AVOIR ET SI TU AS UN MEILLEUR JEU QU'ELLE...
... OU SI TU LE DÉSIRES, TU PEUX TE MONTRER AGRESSIVE DANS TA FAÇON DE MISER POUR L'OBLIGER À SE COUCHER.
TU AS À TA DISPOSITION PLUSIEURS INFORMATIONS : LES CARTES QUE TU AS EN MAIN, LE FLOP ET LA MISE DE TA SŒUR... SI FANNY MISE, C'EST QU'ELLE PENSE AVOIR LES CARTES POUR GAGNER...
... SUR CE FLOP ON A UN 8 ET UN 7 DE CŒUR, CE QUI DONNE 2 POSSIBILITÉS DE TIRAGE, COULEUR OU SUITE, MÊME UNE QUINTE FLUSH PEUT-ÊTRE... LA MEILLEURE COMBINAISON POUR L'INSTANT C'EST LE BRELAN DE 8...
MAIS PEUT-ÊTRE QU'ELLE N'A QU'UNE PAIRE, OU UNE PAIRE SUPÉRIEURE...
HEY ! IL Y A LANIE QUI NOUS ESPIONNE, POURQUOI ELLE VIENT PAS JOUER AVEC NOUS ?

SERRE CHEVALIER 1400
DÉCEMBRE 2006
SÉRIEUX, VOUS ME DÉCEVEZ ! JE NE PEUX COMPTER SUR PERSONNE DANS CE FOUTU BLED !
JE M'ARRANGERAI MOI-MÊME AVEC MON PÈRE POUR QUE VOUS SOYEZ DISQUALIFIÉS AU TOURNOI !
WAOUUH !! C'EST QUI, CETTE BOMBE !?
BOING
BOING

D'OÙ Y SORT CE POT DE COLLE, LÀ !?
ON JOUE PAS AU POKER, ON FAIT LE DÉFI, DENIS A ÉTÉ PROVOQUÉ PAR CE MEC.
OUI, C'EST PAS DU POKER, ET PUIS ON EST OBLIGÉS, POUR L'HONNEUR !
EUH... EN FAIT... THOMAS EST EN PLEINE PUBERTÉ...
ET IL VOULAIT SORTIR AVEC DENISE, DONC IL L'A PROVOQUÉE AU DÉFI DES...
SORTIIIIR AVEC MOI ! BRRR... BRRR... JE NE SUIS PAS INTÉRESSÉ PAR LES MECS !!
BRR
BRRR
KUF
KUF
BRR
KUF
BUT, C'EST QUOUWAH CE BLAGUE ? AND CATHY QUI T'A DIT QU'ON ÉTAIT ICI ? ET POUIS JE TE SIGNALE QU'ON POUVAIT PAS SAVOUHAW...
SOPHIE, TU NE COMPRENDS RIEN, MES PESTES DE SŒURS SONT ICI POUR VOUS TESTER... JE VAIS DEVOIR CHANGER DE STRATÉGIE.
CRAP

ÉCOUTE, EUH... CATHY ?! C'EST ÇA ? C'EST DE MA FAUTE... JE VEUX DIRE, JE SUIS UN RECRUTEUR POUR UN PROJET DE TOURNOI GENRE TV-RÉALITÉ QUI SERA RETRANSMIS SUR LE CÂBLE, ET ORO, QUI TRAVAILLE POUR TON PÈRE, M'AIDE POUR LE CASTING...
MAIS COMMENT IL SAIT ÇA, LUI ?
N'EST-CE PAS ORO, QU'ON A RIEN À VOIR AVEC SES SOEURS ET QUE TU BOSSES POUR SON PÈRE ?
HUM HUM... C'EST EXACT ! MON CHARISME EST AU SERVICE DE TON PÈRE...
AH BON ?! VRAIMENT ? VOUS TRAVAILLEZ POUR LE CÂBLE ET POUR MON PÈRE ?
J'Y CROIS PAS UN SEUL INSTANT...
VOUS ME PRENEZ POUR UNE IDIOTE ? VOUS CROYEZ VRAIMENT QUE JE VAIS GOBER VOS SALADES ? COMMENT EXPLIQUEZ-VOUS QU'UNE CERTAINE JENNYFER FOUT LE BORDEL EN CE MOMENT MÊME À L'ALTIFORME AVEC MES SOEURS ?

PUTAIN, ON EST EN TRAIN DE LOUPER QUELQUE CHOSE AU CERCLE ! C'EST POUR ÇA QUE MOMO M'A APPELÉ PLUSIEURS FOIS !
SÉRIEUX !?
QU'EST-CE QUE ÇA VEUT DIRE ? JENNYFER FAIT UN DÉFI, ELLE AUSSI ?
SI TU CROIS QUE J'AI PAS COMPRIS VOTRE MANÈGE, ORO, TU TE TROMPES. JE VAIS DEVOIR MODIFIER MES ÉQUIPES... DÉSOLÉE, DENIS...
CATHY ! C... C'EST... C'EST MO... MOI, J... JE SUIS DÉSOLÉ... JE SUIS LE SEUL FAU... FAUTIF, NE PÉ... PÉNALISE PAS L'ÉQUIPE À CAU... À CAUSE D... DE MOI...
HEY ! TU M'ÉCOUTES !? JE VEUX SAVOIR OÙ SE TROUVE JENNYFER...
METTONS LES CHOSES AU CLAIR ! D'UNE TU ME LÂCHES ET TU NE T'APPROCHES PLUS JAMAIS DE MOI ! ET DE DEUX, TOI ET TES POTES, VOUS ALLEZ ME SUIVRE, J'AI DES COMPTES À RÉGLER AVEC MES SŒURS ET MES COÉQUIPIERS.

QUELQUES INSTANTS PLUS TARD À L'ALTIFORME - SERRE CHEVALIER 1300
EH BIEN EH BIEN ! STÉPHANIE ET FANNY ! QUELLE SURPRISE !
!?
C'EST INTOLÉRABLE ! JE VOUS ACCUEILLE CHEZ MOI, ON PASSE UN ACCORD, ET VOUS LE VIOLEZ À LA PREMIÈRE OCCASION ! QUEL BEL ESPRIT DE FAMILLE !
HEY ! MAIS !!! C'EST QUI, CELLE-LÀ ?

C'EST NOTRE SŒUR AÎNÉE ! ÉCOUTE, CATHY, ON Y EST POUR RIEN, NOUS ! ON ALLAIT AU CINÉ, MAIS JUSTIN NOUS A APPELÉES EN PANIQUE...
NON C'EST VRAI ! C'EST À CAUSE DE CE TYPE, LÀ... IL VOULAIT JOUER CONTRE JENNYFER ET IL L'A FAIT BOIRE... DU COUP, ELLE EST INCONTRÔLABLE. IL PRÉTEND ÊTRE SON MAÎTRE...
OOOH ! MON CŒUR ! T'ES LÀ, TOI AUSSI !? T'ÉTAIS PASSÉ OÙ ? JE COMMENÇAIS À M'ENNUYER, SANS TOI.
EMBRASSE-MOI, MON LAPIN...

NON MAIS ÇA VEUX DIRE QUOI, ÇA !? HEIN ?!! LA JAP', TU FAIS QUOI AVEC MON MEC ? ET TOI !? POURQUOI TU TE LAISSES FAIRE ?
POUR QUI TU TE PRENDS, ESPÈCE DE TRUIE ENRAGÉE ? C'EST MON MEC !!! JE SUIS AVEC DEPUIS CET ÉTÉ !
!!?
!!?
!?

AÏïE
AÏÏEE
STUM
OUILLE ! AÏE ! AÏE ! NON MAIS, ÇA VA PAS !? THOMAS, FAIS QUELQUE CHOSE !
OOOOH ! DEUX FILLES QUI SE BATTENT POUR MOI !
ASSEZ !
GRRRR...
GRRR
BSSS
BSSS
VOUS N'ALLEZ PAS VOUS BATTRE POUR THOMAS ! ON A DES PROBLÈMES PLUS GRAVES, LÀ !
CATHY, J'AI UN DEAL POUR TOUT ARRANGER... AU POKER... T'ES PARTANTE ?

ET QU'EST-CE QUE TU VEUX MISER, MA PETITE STÉPHANIE ? T'AS PAS LES MOYENS DE RIVALISER CONTRE MOI !
OH, TU SAIS, FANNY ET MOI AVONS FAIT BEAUCOUP DE PROGRÈS... MAIS PLUTÔT QUE DE MISER DE L'ARGENT OU DES BIENS, JE VOUDRAIS QU'ON PASSE UN MARCHÉ...
JE VOIS... TU PENSES POUVOIR ME BATTRE...
... ET T'EN SORTIR FACILEMENT. JE VAIS VOUS METTRE UNE RACLÉE, COMME À CHAQUE FOIS !
NOUS SOMMES 4 ÉQUIPES, ON PEUT SE FAIRE UN MINI TOURNOI...
IL EN EST HORS DE QUESTION ! ON VA PAS RÉGLER CETTE AFFAIRE AU POKER ! POUR COMMENCER, JE DOIS REVOIR LA COMPOSITION DE MES ÉQUIPES...
... VU QUE VOUS CONNAISSEZ MES JOUEURS...
CATHY, RÉFLÉCHIS UN PEU... MOI, JE SUIS PARTANT ET JE PENSE...
... QUE LES AUTRES AUSSI... ET PUIS, C'EST UNE BONNE OPPORTUNITÉ POUR FAIRE UNE SIMULATION DU TOURNOI... COMME ENTRAÎNEMENT, IL N'Y A PAS MIEUX.
C'EST PAS CON, C'EST L'OCCASE DE SE FAIRE UNE PARTIE, ET PUIS LE PISSEUX, LÀ, IL M'A QUAND MÊME BIEN FAIT HALLUCINER TOUT À L'HEURE...
C'EST CLAIR ! IL A ASSURÉ ! ET J'AI BIEN ENVIE DE PRENDRE MA REVANCHE...
MOI JE SUIS CHAUDASSE POUWR LA POKER CONTWRE CES TYPES !

MMMMMM...
OK ! J'ACCEPTE, MAIS À UNE CONDITION... PEU IMPORTE L'ISSUE DE LA PARTIE...
... NOUS METTRONS EN COMMUN TOUTES LES INFORMATIONS QU'ON RÉCOLTERA. JE VEUX QUE CETTE PARTIE SOIT INSTRUCTIVE ET QUE NOUS PUISSIONS CHACUN BÉNÉFICIER DE LA LEÇON POUR NOUS AMÉLIORER.
EN FAIT, ELLE EST PAS SI MÉCHANTE, LA GOTHIQUE SADO-MASO...
C'EST CLAIR ! ELLE A RAISON, AUTANT QUE ÇA PROFITE À TOUT LE MONDE !
ÉCOUTE, THOMAS, C'EST L'OCCASION OU JAMAIS DE ME MONTRER CE QUE TU VAUX AU POKER... ET PROFITE BIEN DES CONSEILS DE LA TEAM DE CATHY, CE BENJOS EST UN VRAI SPÉCIALISTE DU POKER.

DITES-MOI... CES DEUX FILLES, LÀ, CE NE SONT PAS DES JOUEUSES ?
NON, ELLES NE JOUENT PAS... ON VA DIRE QUE C'EST LE FAN CLUB DE MA TEAM...
BIEN ! ALORS ELLES N'ONT RIEN À FAIRE ICI, IL FAUT QU'ELLES S'EN AILLENT.
C'EST VRAI QUE LA DERNIÈRE FOIS ELLES ONT MIS UN BORDEL MONSTRE...
JE CONFIRME, C'EST MIEUX SI ELLES PARTENT...
HEIN ?! MAIS DIS-LUI QUE C'EST IMPOSSIBLE, MON AMOUR...
D'UN, JE NE SUIS PAS TON AMOUR ET DE DEUX, ELLE A RAISON. TU N'AS RIEN À FAIRE ICI... À CHAQUE FOIS VOUS FAITES UN RAFFUT PAS POSSIBLE...
IL EST HORS DE QUESTION QUE JE PARTE D'ICI SANS THOMAS !
CHACK
J'AI PAS L'INTENTION DE LAISSER LA FOLLE S'EN APPROCHER ! CE SERA AVEC MOI, OU SANS THOMAS !

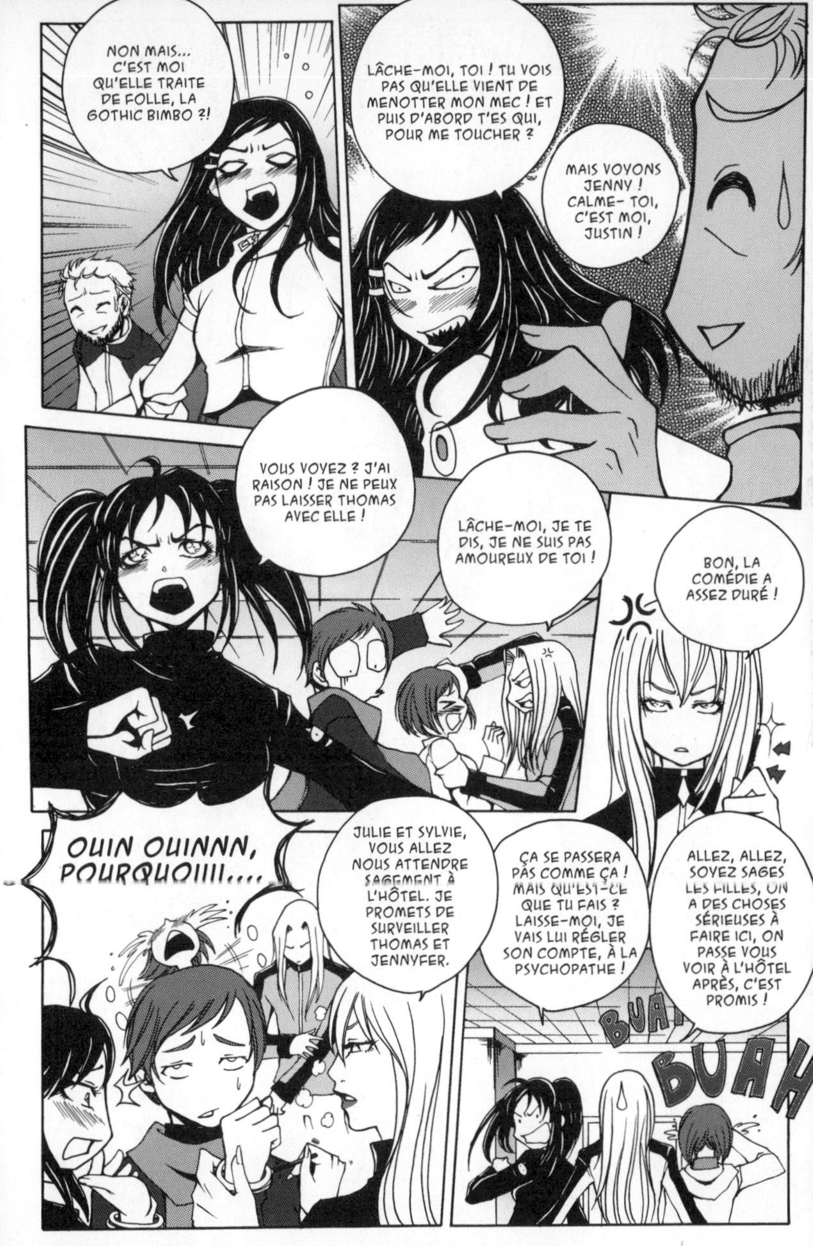
NON MAIS... C'EST MOI QU'ELLE TRAITE DE FOLLE, LA GOTHIC BIMBO ?!
LÂCHE-MOI, TOI ! TU VOIS PAS QU'ELLE VIENT DE MENOTTER MON MEC ! ET PUIS D'ABORD T'ES QUI, POUR ME TOUCHER ?
MAIS VOYONS JENNY ! CALME- TOI, C'EST MOI, JUSTIN !
VOUS VOYEZ ? J'AI RAISON ! JE NE PEUX PAS LAISSER THOMAS AVEC ELLE !
LÂCHE-MOI, JE TE DIS, JE NE SUIS PAS AMOUREUX DE TOI !
BON, LA COMÉDIE A ASSEZ DURÉ !
OUIN OUINNN, POURQUOIIII....
JULIE ET SYLVIE, VOUS ALLEZ NOUS ATTENDRE SAGEMENT À L'HÔTEL. JE PROMETS DE SURVEILLER THOMAS ET JENNYFER.
ÇA SE PASSERA PAS COMME ÇA ! MAIS QU'EST-CE QUE TU FAIS ? LAISSE-MOI, JE VAIS LUI RÉGLER SON COMPTE, À LA PSYCHOPATHE !
ALLEZ, ALLEZ, SOYEZ SAGES LES FILLES, ON A DES CHOSES SÉRIEUSES À FAIRE ICI, ON PASSE VOUS VOIR À L'HÔTEL APRÈS, C'EST PROMIS !
BUAH
BUAH

TRÈS BIEN, TIREZ VOS PLACES, ON FAIT 2 TABLES DE 8 ! ROUGE TABLE 1 ET NOIR TABLE 2, LE DEALER EST À L'AS ET LE ROI PETITE BLIND...

ON AUGMENTE TOUTES LES 15 MINUTES ET ON COMMENCE À 5/10.
J'ESPÈRE QU'ON VA SE RETROUVER À LA MÊME TABLE, QUE JE PUISSE DÉMOLIR TON TAPIS !
TABLE 2 !
TIENS, TIENS ! INTÉRESSANT... JE VAIS ENFIN POUVOIR PRENDRE MA REVANCHE ET T'ÉLIMINER AVANT LA FINALE !
T'ES SÛR QUE ÇA VA ALLER, SANS TON FAN CLUB ? REMARQUE, ÇA T'ÉVITERA DE TE FAIRE RIDICULISER UNE NOUVELLE FOIS DEVANT TES GROUPIES !

TABLE 1

JUSTIN
DEALER
DAVID
SMALL B.
JÉROME
BIG B.
BENJOS
ORO
YVES
LIONEL
SOPHIE

TABLE 2

THOMAS
DEALER
NAGI
SMALL B.
JENNYFER
BIG B.
DENIS
TINA
MOMO
KARIM
SAMOS

TABLE 2
HEY ! TU COMPTES ATTENDRE LA PROCHAINE AUGMENTATION POUR DISTRIBUER, OU QUOI ?
AH ?! C'EST À MOI DE DISTRIBUER ? IL Y A PAS DE CROUPIER ?!
DITES-MOI QUE C'EST PAS VRAI !? MAIS IL SORT D'OÙ, C'UI-LÀ ?! TOI AUSSI, LE COTON- TIGE GÉANT, IL FAUT T'APPRENDRE À JOUER ? OU C'EST BON ?
HEY ! T'AS VU, IL Y A LE SOSIE ALGÉRIEN DE FRANCIS LALANE ICI ! IL S'EST SANS DOUTE PERDU DANS LA MONTAGNE... QUI SAIT ?

BON, LES DEUX COMIQUES ! VOUS ALLEZ LA METTRE EN SOURDINE, PARCE QUE JE LA SENS MAL C'T'AFFAIRE, MOI !
JE RELANCE À 600 EN TOUT !
TU CHANGERAS JAMAIS... TU CROIS QUE JE T'AI PAS VU VENIR, SUR TON 7 ET 2 DÉPAREILLÉ ?! JE PAIE ! TU M'AS PRIS POUR QUI !?

TABLE 1
$25
DEALER
JE MISE ÇA !
TOUR DIVINE !

AH AH AH AH AH
AH AH AH !!!!
ALORS... RELANCE DEEEU HMMM....
HÉ HÉ... T'AS... T'AS MIS COMBIEN, EN FAIT... HÉ HÉ HÉ ? DEUX CENTS !!!
ALORS JE VAIS METTRE LE DOUBLE !
ÇA M'ENNUIE DE DEVOIR FAIRE ÇA...
J'AI UN SUPER JEU, MAIS VU LES MISES ET COMME IL Y A ENCORE DU MONDE APRÈS MOI, IL VAUT MIEUX QUE JE ME COUCHE.

ALL RIGHT MISTER YVES ! LET'S GAMBLE !!!
OK ! J'AI COMPRIS ! JE ME COUCHE...
BEN CE SERA SANS MOI, LES GARS !
NON !

JE TE RELANCE DE 800 !
DRUNKEN MASTER HAND !!
TAPIS !

TABLE 2 - FLOP
7
7
2
CHECK !
QUOI !?
PUTAIN DE 7 ET 2 !!!
MAIS POURQUOI TU TE COUCHES ? IL A CHECKÉ...
PARCE QUE TU VIENS DE LUI DONNER UN FULL... IL A 7 ET 2 DANS SA MAIN, CE SONT SES CARTES FÉTICHES, ET JE SUIS PRÊT À PARIER QUE LA PROCHAINE CARTE EST UN 7... CE QUI LUI DONNERAIT UN CARRÉ !

NON... JE PASSE.
JE PAIE !
ZAP
ZAP
MAGNIFIQUE ! PETITE RELANÇOUNETTE DE 75...
QUE JE RELANCE DE 75...
C'EST PAYÉ !
COUCHÉ !
300, DONC !
...
ZAS
JE PENSE QUE JENNYFER VA SORTIR TOUS LES MEMBRES DE TA TEAM...
ATTENDS MA PETITE CHÉRIE, REGARDE PLUTÔT COMMENT...
... SON MAÎTRE VA SORTIR VOTRE CHAMPION, ORO. YVES EST UNE SERRURE ET QUAND IL JOUE SON TAPIS, EN GÉNÉRAL, C'EST QU'IL A VRAIMENT UN EXCELLENT JEU...
OU IL BLUFFE, COMME TU ME L'AS SI BIEN APPRIS QUAND ON ÉTAIT PETITES... EN TOUS CAS, ORO N'A JAMAIS PERDU EN TOUT DÉBUT DE PARTIE...

RETOUR À LA TABLE !
C'EST BON, JE ME COUCHE...
HE HE HE
C'EST QUAND MÊME SUPER AGRESSIF DE METTRE SON TAPIS PRÉ-FLOP À LA PREMIÈRE MAIN, FAUT VRAIMENT ÊTRE CRAMÉ POUR FAIRE ÇA !
TSK

HE HE HE
YEAH ! TWROP COOL YVEEZ ! YOU WIN THE FIRST HAND !
ORO, T'INQUIÈTE... MÊME AVEC UNE PAIRE D'AS, JE ME SERAIS COUCHÉ, JE MISE PAS MON TAPIS À LA PREMIÈRE MAIN, QUESTION DE PRINCIPE.
ZAP ZAP
C'EST DOMMAGE J'AURAIS BIEN AIMÉ VOIR VOS CARTES... EN TOUS CAS, C'EST BIEN JOUÉ DE LA PART D'YVES. COMME D'HAB'...
ALLEZ, JE VAIS TOUT SIMPLEMENT REMONTER À LA PLACE DU CHIPLEADER EN UTILISANT MES COMBOS STRATÉGIQUES DIVINS ET...
SECREEETESS

chapitre 12
...

DIS... C'EST QUI, CE TYPE ?
QUI ÇA ? SAMOS ? C'EST GRÂCE À LUI SI J'AI PU M'INTRODUIRE DANS CE CERCLE PRIVÉ... ÇA FAIT LONGTEMPS QU'IL JOUE AU POKER, C'EST UN VRAI TUEUR... MAIS JE VOIS QUE LA PETITE MISHIMA N'EST PAS MAL NON PLUS...
ELLE EST ENCORE JEUNE, MAIS QUAND ELLE JOUE, ELLE SE TRANSFORME TOTALEMENT ET DEVIENT REDOUTABLE... JE NE SUIS PAS MÉCONTENTE DE L'AVOIR DANS MA TEAM...
MAIS JE ME DEMANDE BIEN COMMENT THOMAS S'Y EST PRIS...
HUM... OUI, BON... C'EST PAS POUR DIRE, MAIS ORO EST TOUT SIMPLEMENT GÉNIAL... JE VEUX DIRE... C'EST LUI QUI REMPORTE TOUTES LES MAINS À LA TABLE 1 DEPUIS TOUT À L'HEURE...
ZZZZ

TOUR DIVINE !
TOUR DIVINE !
TOUR DIVINE !

BEN VOILÀ ! AU MOINS UN QUI NE ME DÉCEVRA PAS ! JE SAVAIS QUE C'ÉTAIT PROBABLEMENT LE MEILLEUR JOUEUR DE POKER ACTUEL...
NON, NON, MA COCOTTE... C'EST JUSTE QU'IL EST TOMBÉ SUR UNE TABLE D'AMATEURS FACILES À BATTRE ! REGARDE PLUTÔT CE QUE VAUT MA PETITE JENNYFER... TA BELLE TINA CHÉRIE EST EN TRAIN DE SE FAIRE MASSACRER.
VOUS N'AVEZ RIEN COMPRIS, TOUTES LES DEUX. POUR L'INSTANT MES ÉQUIPES EN SONT SEULEMENT À LA PHASE 1. ILS SONT EN TRAIN D'ÉTUDIER LES COMPORTEMENTS DE VOS JOUEURS...
... AFIN DE MIEUX CERNER LEUR FAÇON DE JOUER. ENCORE UNE AUGMENTATION DE BLIND ET MES GARS VONT PASSER À L'OFFENSIVE...

VOS ÉQUIPES SONT COMPOSÉES D'AMATEURS. DEPUIS LE DÉBUT, ILS NE CHANGENT PAS DE STRATÉGIE. CE QUI LEUR MANQUE, C'EST UNE BONNE LECTURE DU JEU.
NE PARLE PAS SI VITE ! LE MASTERMIND EST L'UN DES PLUS DOUÉS QUE JE CONNAISSE. IL JOUE LA POSITION ET SURTOUT, IL ADAPTE SON JEU EN FONCTION DE SES ADVERSAIRES !
LE MASTER-MIND ? C'EST CE JÉRÔME ? ON M'EN A PARLÉ, C'EST VRAI... JE NE SAVAIS PAS QU'IL FAISAIT PARTIE DE TON ÉQUIPE...
LUI !?!! AH AH AH ! LAISSEZ-MOI RIRE ! JUSTIN CONNAÎT SES TECHNIQUES PAR CŒUR, IL VA PAS TARDER À SE FAIRE SORTIR !
TABLE 1 - BLIND 75/150
RELANCE DE MON TAPIS...
DEALER
FLOP
COUCHÉ !
Z Z Z Z Z Z Z Z

NOM DE NOM ! J'ARRIVE PAS À RENTRER DANS LA PARTIE, CE SOIR... COUCHÉ !
HEIN ? C'EST À MOWA ?! C'EST ÇA ? FAUT PAYER 300 ? AAAH NOOOO GOOD, SORRY, IL Y A ALL IN... NON, NON, I FOLD !
T'AS SANS DOUTE UNE PAIRE SERVIE QUE TU CHERCHES À DÉFENDRE, OU UN BRELAN DE 5... VOIRE UN CARRÉ, MAIS ÇA M'ÉTONNERAIT... JE TE VOIS PLUTÔT SUR LA PAIRE SERVIE ! JE PAIE !

AH ! AH ! AH ! NOUS Y VOILÀ ! TU AS RAISON POUR LA PAIRE SERVIE !
ATTENDS UN PEU, DU CALME, TU CROIS QUOI ? MÊME SI TU ME COUVRES LARGEMENT AVEC TON TAPIS, JE SUIS SÛR D'ÊTRE SUPÉRIEUR AVEC MA PAIRE DE DAMES ! HÉ HÉ !
HE HE HE HE
EH BEN ! T'AS TOUCHÉ TON FULL AU FLOP !!! J'AI BIEN FAIT DE ME COUCHER !

TURN
BIEN JOUÉ, MEC ! IL TE RESTE ENCORE UNE CHANCE D'AVOIR SOIT UNE DAME SOIT UN 5...
RIVER
ALORS ÇA, C'EST PAS JUSTE ! JUSTIN AVAIT BIEN VU, LE COUP DE LA PAIRE SERVIE... GROSSE RELANCE PRÉ-FLOP ET TAPIS AU FLOP... MAIS UNE PAIRE DE 2, QUAND MÊME !
BEN JUSTEMENT, ÇA SENTAIT LE FULL À PLEIN NEZ !
SÉRIEUSEMENT, QU'EST-CE QUI S'EST PASSÉ ? JE CROYAIS QUE TU CONNAISSAIS SES TECHNIQUES ?
TU PARLES... CE TYPE, IL BLUFFE OU IL BLUFFE PAS, ON SAIT JAMAIS, IL T'EMBROUILLE LE CERVEAU, J'ME SUIS PRIS UN BAD BEAT... PAR CONTRE, ORO EST TRÈS BIZARRE...

JUSTIN, PARFOIS JE NE TE COMPRENDS PAS... ET JE N'AIME PAS TROP QUE TU DOUTES D'ORO.
JE SAIS PAS, J'AI UN MAUVAIS PRESSENTIMENT... J'AI PAS CONFIANCE EN LUI... C'EST CE QUE M'A APPRIS LA VIE : ON NE PEUT AVOIR CONFIANCE QU'EN SOI...
MAIS ALLEZ ! QUOI ! MISEZ UN PEU, J'AI L'IMPRESSION DE JOUER TOUT SEUL, LÀ !!!
NORMALEMENT, IL EST TOUT CALME... ET LÀ, IL EST TOUT AGITÉ, C'EST PAS À SON HABITUDE...
PEUT-ÊTRE QU'À FORCE DE PASSER DU TEMPS AVEC THOMAS, IL A TRAVAILLÉ SON JEU D'ACTEUR...
PEUT-ÊTRE... EXCUSE-MOI, JE SUIS UN PEU PARANO, PARFOIS...
HA HA HA
RELANCE ! ÇA FAIT 1500, JE CROIS !

NON...
MMM...
NON MERCI, SANS FAÇON...
JÉRÔME... COUCHÉ, MOI AUSSI... LET'S SEE THE FLOP !
CHECK !
CHECK !
OK ! THE TURN ?!
CHECK AGAIN !
BON BEN LÀ... RIVER ALORS...
CHECK...
ALL IN !
AUGMENTATION ! 100/200 !
COUCHÉ !

DIS-MOI... C'EST QUI CE PETIT MALIN À LA TABLE 2 QUI TIENT TÊTE À MES GARS, ET QUI S'EST COLLÉ À MOI COMME UNE VENTOUSE TOUT À L'HEURE ? IL EST PAS MAUVAIS...
QUOI ?! THOMAS ? TU LE TROUVES BON, TOI AUSSI ? MAIS C'EST UN DÉBUTANT ET PERSO, JE LE TROUVE NUL...
BEN !... TU TE FOUS DE MOI, LÀ ? HEIN ? C'EST UNE BLAGUE, C'EST ÇA... IL EST DANS TA TEAM DE TOUTE FAÇON, C'EST POUR UNE BONNE RAISON, NON ?
IL A FAIT DES PROGRÈS MAIS IL NE JOUE AU POKER QUE DEPUIS AOÛT DERNIER... ET ENCORE, ÇA NE FAIT QUE 4 MOIS QU'IL S'ENTRAÎNE VÉRITABLEMENT... THOMAS EST SI PRÉVISIBLE QUE J'AI DU MAL À CROIRE QU'IL PUISSE ÊTRE BON. C'EST LUI QUI A INSISTÉ POUR QUE JE LE PRENNE... ET COMME J'AVAIS PERSONNE D'AUTRE, ALORS...
ARRÊTE ! TU FAIS CE COUP-LÀ À N'IMPORTE QUI, MAIS PAS À MOI ! DIS PLUTÔT QUE T'ES AMOUREUSE DE LUI ! IL T'A PEUT-ÊTRE TAPÉ DANS L'ŒIL, MAIS C'EST UN PRO ! SI T'ARRIVES PAS À VOIR ÇA, C'EST QUE TU L'AIMES !!!

HA HA HA HA
FAUX ! COMPLÈTEMENT FAUX ! C'EST BIEN MA VEINE... TOUT LE MONDE A ENTENDU... ET MAINTENANT JE SAIS PLUS OÙ ME METTRE...
AH AH AH ! MA PETITE FANNY, L'AMOUR REND AVEUGLE, C'EST BIEN CONNU... ET J'AI DEVINÉ JUSTE, ALORS N'ESSAIE PAS DE M'EMBROUILLER ! CE THOMAS, LÀ, IL ME RAPPELLE QUELQU'UN... SA FAÇON DE JOUER ET SON STYLE ME SONT FAMILIERS... C'EST UN PRO, J'EN SUIS SÛRE, ET C'EST POUR ÇA QUE TU L'AS PRIS !
RIEN À VOIR, JE PEUX T'ASSURER QUE THOMAS EST LOIN D'ÊTRE UN BON JOUEUR, ET PUIS POUR MOI IL EST TROP FACILE À CERNER, C'EST TOUT, IL Y A PAS D'AMOUR LÀ-DEDANS...
JE CALL !
BLA ! BLA ! BLA ! SI TU LIS SI BIEN À TRAVERS LUI, MA BELLE, C'EST QU'IL DOIT T'INTÉRESSER, APRÈS TOUT IL EST BEAU GOSSE... MAIS JE TE DIS QU'IL EST BON !
MAIS ARRÊTE !!! THOMAS EST UN ABRUTI FINI ET C'EST POUR CETTE RAISON QUE TU LE TROUVES BON AU POKER, PARCE QUE T'ARRIVES PAS À DÉFINIR SA STRATÉGIE ! ET PUIS, JE SUIS PAS DU TOUT AMOUREUSE DE LUI !!!
ALL IN !

JE CROIS QUE JE VAIS ME COUCHER...
AHOUUUUHHH ! MAMA MIA IN DISCOTECA !!! ÇA ! ÇA, ÇA, C'EST DE LA JUMENT DE COMPÉT' ! ELLE EST TROP SEXY DANS SA FAÇON DE JOUER...
MMMM... ÇA ! ÇA, ÇA SENT LE GESTE DÉSESPÉRÉ, SURTOUT ! CE TAPIS COMME ÇA, PRÉ-FLOP...
JE SENS BIEN QUE TU CHERCHES À VOLER LES BLINDS, ON NE ME MENT PAS, À MOI... MAIS EN MÊME TEMPS T'AS L'AIR SÛR DE TOI POUR UN BLUFF...
MAIS J'AI LES CARTES ET J'AI APPRIS QU'IL FAUT SAVOIR PRENDRE DES RISQUES DE TEMPS EN TEMPS...
JE VAIS PAYER TON TAPIS PERDANT JUSTE POUR VOIR CE QUE T'AS, VU QUE TON TAPIS EST PAS BIEN IMPORTANT...

TSK
ALLEZ, MONTRE TES CARTES, PETIT, QUE JE PUISSE TIRER LE BOARD.
AH OUI !
FLOP
POUR L'INSTANT, THOMAS, T'AVAIS QU'À MOITIÉ RAISON DE DIRE QUE TU PARTAIS PERDANT, MAIS DE PEU ...
AU DÉBUT, T'ÉTAIS À 43% CONTRE 57% POUR NAGI. MAIS LÀ, T'ES CARRÉMENT TOMBÉ À 12% DE CHANCES DE GAGNER... AUTANT DIRE PRESQUE AUCUNE...
???
. . . .
MAIS EUUUH, ARRÊTEZ DE ME REGARDER COMME ÇA !

TURN
?
MAIS C'EST POURTANT FACILE ! THOMAS GAGNE À 73% GRÂCE À SA PAIRE DE 10, IL NE RESTE PLUS QU'UN AS OU DU CŒUR POUR SAUVER NAGI...
RIVER
PUUU-TAIN !!!

FÉLICITATIONS ! JE VOUS RECONNAIS BIEN LÀ, VOUS ÊTES DE VRAIS MÜLLER...
VOS CŒURS PALPITENT POUR LES MEILLEURS JOUEURS DE VOS ÉQUIPES ! AH AH AH !
HOLA ! HOLA ! T'EXAGÈRES, CATHY ! THOMAS A EU BEAUCOUP DE CHANCE ! NAGI A BIEN JOUÉ SUR CE COUP ! AVEC LA POSITION ET LA PROFONDEUR DE SON TAPIS, IL FALLAIT TENTER DE VOLER QUELQUES BLINDS... EN PLUS, IL AVAIT DE BONNES CARTES ASSORTIES.
C'EST VRAI, MON COEUR NE BAT QUE POUR TINA, ET ELLE L'A BIEN DIT, THOMAS AVAIT PEU DE CHANCES DE GAGNER...
MAIS IL ÉTAIT PLUS OU MOINS À FIFTY FIFTY AVEC SES CARTES. LÀ OÙ IL EST FORT, C'EST QU'IL A SU LIRE NAGI.
LA COUSINE SE BALADE EN STAT ET EN PROBA, MAIS LE PETIT FRÈRE DE MAXIMILIEN SE DÉBROUILLE PAS MAL NON PLUS ! IL VIENT DE PASSER CHIPLEADER EN GAGNANT UN POT À 4500 CONTRE JÉRÔME ET ORO SUR LA MAIN PRÉCÉDENTE...
MAXIMI...??! QUOI, C'EST LE PETIT FRÈRE DU CURETON ?!
TABLE 1 - BLIND 125/250
PAYEZ LES BLINDS, LES GARS... 125 / 250...
DEALER

PREMIER DE PAROLE... MMM... OK, C'EST PAYÉ !
MON JEU EST PAS TROP MAL... MAIS IL Y A ENCORE DU MONDE, JE VAIS JUSTE PAYER...
C'EST PRUDENT, C'EST PRUDENT... HÉ HÉ HÉ ! JE PAIE EN TOUR DIVIIINE !!!
RELANCE... EUHH... 400 EN TOUT !
RELANCÉ DE 400 !
ZAP ZAP

OUAH ! ÇA FAIT 1300 EN TOUT !!! T'AS RAISON, MAIS EN MÊME TEMPS IL FAIT TROP PEUR TON TAPIS !!! MOWAAAA JE ME COUUUCHEUU !
25 Kg
25 Kg
200 Kg
ALL IN FORCE
EUH... JE SUIS LÀ... ET C'ÉTAIT À MON TOUR DE PARLER... MAIS ENFIN, C'EST PAS GRAVE... JE ME COUCHE AUSSI...
PAYÉ !! HÉ HÉ !!!
VOILÀ QUI ME CONVIENT MIEUX, ON N'EST PLUS QUE 3 ! ET JE PAIE !

Vs
Vs
FLOP
800 ?!...
200$
QUE JE RELANCE DE 800 !

WAOW, SI J'AVAIS SU...
ALL IN !
ET C'EST PAYÉÉÉÉÉ !!!
BIEN, APRÈS TANT D'ÉMOTIONS, MESSIEURS... MONTREZ VOS CARTES...

JE TIENS À DIRE QUE ÇA VOLE PAS BIEN HAUT, EN TOUT CAS...
QUOI !? TOUT ÇA POUR ÇA ?!

ON N'ATTEND PLUS QUE LE TURN ET LA RIVER, MON PETIT NÉO DE TILTRIX !!!
TURN
RIVER
Lionel
Yves
David
JE RETIRE CE QUE J'AI DIT...
LIONEL EST UN VRAI GÉNIE, MAIS IL NE CONTRÔLE PAS SES ÉMOTIONS...
TU DEVRAIS JETER UN ŒIL PAR LÀ...

TABLE 2
ET ?...
JE CROIS QUE THOMAS VA SE FAIRE SORTIR SUR CE COUP... IL NE SE MÉFIE PAS ASSEZ DE MOMO ET KARIM...
TURN
ÇA FAIT 2 FOIS QU'IL PAIE, ALORS QU'ON SENT BIEN QU'IL N'A PAS DE JEU. C'EST MOMO QUI MÈNE LA DANSE DEPUIS LE DÉBUT DE CETTE MAIN, IL A RELANCÉ 2 FOIS LA BLIND PRÉ-FLOP...
BON, C'EST PAS ÉNORME, MAIS ÇA A ÉTÉ SUFFISANT POUR QUE LES AUTRES SE COUCHENT...
LALALILALOUMMM...
AU FLOP, MOMO A CHECKÉ DANS UN PREMIER TEMPS, C'EST KARIM QUI A FAIT UNE PETITE MISE DE 500... THOMAS A SUIVI ET MOMO A PAYÉ, MAIS JE CROIS QU'IL CACHE SA DAME...
ALLEZ ! ON Y VA DE 850 ! QUI DIT MIEUX ?!
850... 850 ?... 850...
T'AS CHECKÉ AU FLOP ET LÀ TU MISES SUR UN 7 !!! C'EST ÉTRANGE...
TU VOIS, FANNY, KARIM A PLUS D'EXPÉRIENCE QUE THOMAS. IL A BIEN VU LE PIÈGE DE MOMO ET IL VA SE COUCHER... OU ALORS, S'IL A DU JEU, IL VA FAIRE UNE MÉGA RELANCE POUR GAGNER LE POT.
QUI TE DIT QUE THOMAS NE CACHE PAS UNE PAIRE ? IL ME PLAÎT BIEN, CE GAMIN...

VOUS ÊTES COMPLÈTEMENT ALLUMÉES, MA PAROLE ! SI THOMAS SUIT, C'EST QU'IL A 2 CARTES HAUTES MAIS QU'IL N'A PAS DE COMBINAISON, IL ATTEND SA PAIRE...
JE PAIE !
PAYÉ AUSSI !
JE PENSE QU'ON N'A RIEN COMPRIS, LES FILLES... TOUT VA SE JOUER SUR UN COUP DE BLUFF À LA RIVER...
RIVER
ET LA RIVER EST...
VALET DE CARREAUUUU !
UN POUR TOUS ET TOUS POUR UUUNNN ! TAPIS !

ÇA FAIT COMBIEN, AU JUSTE ?
AH AH AH ! T'ES PAS AU COURANT ? JE TE COUVRE, BONHOMME, ALORS JE VAIS PAS M'AMUSER À COMPTER ! LA QUESTION, C'EST: TU SUIS OU NON ?
POUR INFO, SON TAPIS FAIT 1400... TOI, IL TE RESTE À PEINE 800...
MAIS COMMENT ELLE FAIT ?
OH PUNAISE !!! J'ME COUCHE ! ET J'AURAIS DÛ LE FAIRE PLUS TÔT... JE SUIS TROP BÊTE, DES FOIS...
ET TOI, MON MINOU, TU FAIS QUOI ?

mon minou
mon minou
HEY, LE DON JUAN ! FAUT SUIVRE LA PARTIE, UN PEU ! C'EST PAS TOUT DE FAIRE LES YEUX DOUX À LA BELLE DEMOISELLE... OOOH !!! C'EST À TOI, LÀ !
TCHP!
CETTE TECHNIQUE DE JEU EST HYPER DÉSTABILISANTE... JE ME DEMANDE QUI LUI A APPRIS ÇA...
C'EST ORO, MAIS IL N'A FAIT QUE RÉVEILLER SON POTENTIEL... IL A VU EN THOMAS LA FORCE DE JEU D'UN PRO...
MAIS... VOUS VOYEZ BIEN QU'IL N'EST PAS CONCENTRÉ, C'EST TOUT !
AAAALL IIIIIN !!!
ALORS ? LE COMÉDIEN ? TU ME SUIS OU TU MOUILLES DANS TON SLIP ?
AH AH AH ! THOMAS, J'ESPÈRE QUE TU LE FAIS EXPRÈS...
ÉCOUTE-MOI BIEN, PETIT DRAGON BLEU ! UN, C'EST MOI QUI AI LANCÉ MON TAPIS EN PREMIER, ET DEUX, MON TAPIS EST LARGEMENT SUPÉRIEUR AU TIEN !
LA PREUVE...

C'EST UNE VÉRITABLE CATASTROPHE, CE TYPE ! IL SUIT BÊTEMENT POUR FINIR SUR UN BLUFF MINABLE...
NON, AU CONTRAIRE ! IL VIENT D'UTILISER UNE TECHNIQUE D'ORO QUI SE BASE SUR LE MANQUE DE CONCENTRATION... BON, SAUF QUE LÀ, IL S'EN EST MAL SERVI...
IL A MERVEILLEUSEMENT BIEN JOUÉ SUR CE COUP. TOI-MÊME, TU TE SERAIS FAIT AVOIR... MOMO AVAIT 2 PAIRES, ET IL N'Y AVAIT QU'UNE CARTE SUPÉRIEURE SUR LE BOARD...
QUOI ?!
HÉ HÉ HÉ !
NE VOUS INQUIÉTEZ PAS, LES GARS !!! AVEC CES 600, JE VAIS ME REFAIRE !
?

HEY !!! MAIS IL Y A PLUS RIEN À BOIRE DANS CE BLED ?
TABLE 1
WOW... ! HÉ HÉ HÉ... ÇA BOUGE PLUS QU'EN MER...
RE... HIPS ... RELANCE... HIPS... 500...
SUIVI !!!

OUH LÀ LÀ ! C'EST TROP POUR MOI ! NON MERCI !
COUCHÉ...
DE MÊME !
FLOP

CHECK ! HIPS !
AH AH ! TWU KWROA KE JE VAIS TOMBER DANS TON VIEUX PIÈGE ? C'EST UN CHECK RAISE, N'EST-IL PAS !?
DONC JE CHECK AUSSI ! VOUALÀ !
BEN FALLAIT MISER ! TU VIENS DE LUI DONNER UNE CARTE GRATUITE !
EFFECTI... HIPS... ...VEMENT JE VOULAIS FAIRE HIPS... UN CHECK HIPS... RAISE MAIS C'EST... HIPS... PAS BIEN GRAVE, ÇA... HIPS... ÇA VA RIEN CHANGER... HIPS !
TURN
HIPS ! 1000 ! VOILÀ ! COMME ÇA, C'EST FAIT !
HUMMMM...

RIVER
CHECK !
TOCK
HIPS ! TAPIS !!!
C'EST PAS POSSIBLE ! TU PEUX PAS AVOUAR UN MEILLEUWR JEU QUE MOWA ! JE METS 2000...
DANCE JAKE!!!
I CALL ! NIARK ! NIARK ! NIARK !

ELLE JOUE SUPER BIEN, CETTE FILLE ! UN SUPER JEU D'ACTEUR... J'AI BIEN CRU QU'ELLE N'AVAIT RIEN... TU L'AS CONNUE COMMENT ?
SOPHIE ? C'EST UNE VRAI ARTISTE ! ELLE MAÎTRISE PARFAITEMENT SON CORPS, ELLE EST PLEINE D'ÉNERGIE ET SURTOUT ELLE EST IMPRÉVISIBLE... C'EST UNE AMIE À DENIS.
DENIS ? TON PETIT PROTÉGÉ ? CELUI QUI VIENT DE FAIRE TAPIS ?
C'EST INCROYABLE, ON NE RESSENT AUCUNE ÉMOTION CHEZ LUI...
DENIS... MAIS IL S'EST PASSÉ QUOI, LÀ ?
C'EST PAYÉ !
TABLE 2 - TURN
ON EN EST AU TURN... LE PETIT EST AU BOUTON, TINA SMALL BLIND S'EST COUCHÉE PRÉ-FLOP, MOMO A CHECKÉ, SEUL KARIM A SUIVI... SAMOS, THOMAS ET JENNYFER SE SONT COUCHÉS...
EN RÉALITÉ, DENIS EST TRÈS ÉMOTIF, ET CE SOIR IL N'A PAS GAGNÉ BEAUCOUP DE MAINS... AVEC UN PETIT TAPIS, J'AI BIEN PEUR QU'IL TENTE DE VOLER LE POT POUR POUVOIR CONTINUER À JOUER... LES BLINDS LUI COÛTENT CHER.
JE NE SAIS PAS CE QU'IL A COMME CARTES, MAIS JE TROUVE QU'IL A FAIT LE BON CHOIX EN PRENANT CE RISQUE, IL JOUE LA POSITION...
TAPIS AUSSI.

SOB
RIS
RIS

JE SUIS SÛR QU'ON M'A JETÉ UN SORT ! C'EST PAS POSSIBLE, JE ME FAIS BATTRE PAR DES MIOCHES !
MAIS T'AVAIS QU'UNE PAIRE DE 8 ! JE SAIS PAS POURQUOI T'AS SUIVI...
LA COUSINE EST SHORT STACK À LA TABLE 2, NOTRE TEAM SE PREND UNE RACLÉE ET ORO EST MAL BARRÉ...
ORO ?! MAIS IL N'Y A QUE DES DÉBUTANTS À SA TABLE ! LE SEUL QU'IL FAUT CRAINDRE, C'EST CE BENJOS !
JUSTEMENT... BENJOS S'EST COUCHÉ PRÉ-FLOP, COMME LIONEL ET SOPHIE... DAVID, QUI EST BIG BLIND, A RELANCÉ... ET LÀ, ORO JOUE CONTRE DAVID ET JÉRÔME...
TABLE 1-FLOP
A
Q
8
400 !
QUE JE RELANCE DIVINEMENT DE 800 ! 1200 EN TOUT, POUR SUIVRE.

SUIVI !
PAREIL...
QU'EST-CE QUI SE PASSE ?
TAP TAP
ORO A TROUVÉ 2 FISHS !
LE TURN, 5 DE COEUR...

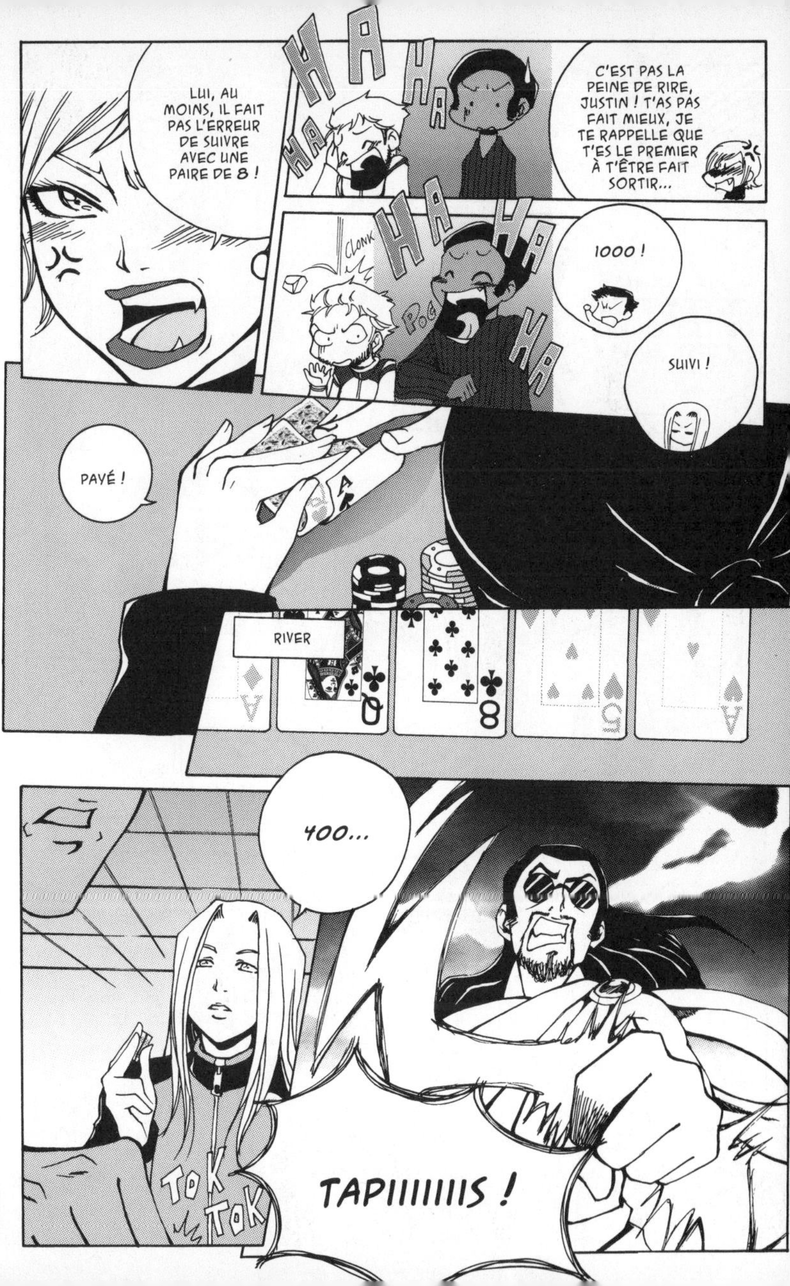
LUI, AU MOINS, IL FAIT PAS L'ERREUR DE SUIVRE AVEC UNE PAIRE DE 8 !
HA HA HA HA HA
C'EST PAS LA PEINE DE RIRE, JUSTIN ! T'AS PAS FAIT MIEUX, JE TE RAPPELLE QUE T'ES LE PREMIER À T'ÊTRE FAIT SORTIR...
CLONK
HA HA HA HA HA HA
POC
1000 !
SUIVI !
PAYÉ !
RIVER
400...
TOK TOK
TAPIIIIIIIS !

AH AH AH ! JE PENSE QUE JE TE COUVRE, C'EST SUIVI !
ZAS
...
SUIVI...
ARG !!
...

C'EST POUR TOI, JÉRÔME, J'AI PAS MIEUX... TIENS, LIONEL, J'AI PAS ENVIE DE LES MONTRER...
QU'EST-CE QUI S'EST PASSÉ ?
PIS RIS
LE MASTERMIND EST ENCORE JEUNE, PARFOIS IL COMMET DES ERREURS, MAIS LÀ IL A VU MON BLUFF, J'AI PAS OSÉ MONTRER MES CARTES QUAND J'AI VU LE JEU QU'IL AVAIT...
BON ! COMMENT ÇA SE PASSE À LA TABLE 1 ? OÙ EN EST MON ÉLÈVE ?
POUR INFO, DE NOTRE TEAM, IL NE RESTE PLUS QUE TINA...
TABLE 2 - FLOP
OOO !
TA TEAM A SU MONTRER SA VALEUR... ILS SONT TOUS QUALIFIÉS POUR LA FINALE...
LES TIENS AUSSI, BRAVO ! MAIS C'EST PAS ENCORE FINI, MON PETIT DENIS JOUE CONTRE LA BELLE TINA...

TURN, 2 DE CŒUR !
PAYÉ !
RIVER, 4 DE PIQUE. TINA GAGNE AVEC 2 PAIRES !

TAP
TAP
TAP
BLAM!!
PUTAIN DE MERDE, FAIT CHIER, BORDEL ! #@/È_É % !!!
TAP TAP TAP
HUM HUM... BIEN... ON VA POUVOIR COMMENCER LA FINALE...

chapitre 13

PENDANT CE TEMPS, À L'HÔTEL DE CATHY...
MAIS CALME-TOI, SYLVIE ! MOI AUSSI, J'AI LES BOULES... MAIS T'INQUIÈTE, MON FRÈRE EST PEUT-ÊTRE BEAU, MAIS IL SAIT PAS Y FAIRE, AVEC LES FILLES.
C'EST PAS TON FRÈRE QUI ME FAIT PEUR, C'EST CETTE ASIATIQUE... EN PLUS D'ÊTRE SUPER BELLE, ELLE SAIT JOUER AUX CARTES...
ET MOI, ALORS ?! JÉRÔME M'A LITTÉRALEMENT JETÉE DEVANT TOUT LE MONDE ! JE SUIS SÛRE QUE C'EST PARCE QUE JE SAIS PAS JOUER AU POKER...
JE SAIS !!!

ON A QU'À ALLER VOIR ALFRED DANS SA CHAMBRE POUR QU'IL NOUS APPRENNE À JOUER !
HEIN !?
MAIS OUI !!! C'EST ÇA ! ALLONS VOIR ALFRED !
COMME ÇA ON POURRA APPRENDRE PLEIN DE CHOSES SUR JÉRÔME ! HÉ HÉ HÉ !

314
TOC TOC
...
POM POM POM
HUMMM...
IL N'EST PEUT-ÊTRE PAS LÀ ! ON A QU'À ALLER DEMANDER À LA RÉCEPTION DE L'HÔTEL...

EH ! OH !! ON VOUDRAIT SAVOIR SI MONSIEUR ALFRED, CHAMBRE 314, EST SORTI DE L'HÔTEL OU NON ? ALLÔ ?
...
DING DING DING DING
MOINS DE BRUIT JEUNE FILLE ! JE N'AI PAS LES CLÉS DE LA CHAMBRE 314, ET JE NE PEUX PAS VOUS EN DIRE PLUS !
ZAS
DIIING
ZUT, ZUT ET ZUT !
ET MINCE ! ON VA PAS POUVOIR APPRENDRE À JOUER AU POKER DANS CES CONDITIONS, ET JÉRÔME NE S'INTÉRESSERA JAMAIS À MOI...
SI JE PUIS ME PERMETTRE, MESDEMOISELLES, IL EXISTE DE TRÈS BONS SITES SUR INTERNET POUR APPRENDRE À JOUER À CE JEU...
OH, VOUS, LE VIEUX PERVERS, ON VOUS A PAS SONNÉ ! OK ?!
J'ESSAIE SIMPLEMENT DE VOUS AIDER...
EH BIEN, ON A PAS BESOIN DE VOUS ! NON MAIS !

OUAHHHH ! TROP BEAU !
STÉPHANIIIIIIIIIE !!! IL EST TROP KAWAIIIIIIII, TON CHIEN !!!
KYAHHHH
BOUM
ON NE SAUTE PAS SUR LES CHIENS QU'ON NE CONNAÎT PAS ! ET JE NE SUIS PAS STÉPHANIE, MAIS MÉLANIE, SA SŒUR JUMELLE !
GRRRRRR

SALLE DE GYM DE SERRE CHEVALIER - 1 H 37 DU MATIN
HA
HA
HA
HA

... C'EST TROP UN JEU D'ENFANT, LE POKER... BLA BLA BLA...
QU'EST-CE QUE TU PENSES DE CE BENJOS ? IL N'A PAS BEAUCOUP JOUÉ, MAIS À CHAQUE FOIS JE PENSAIS QU'IL BLUFFAIT, ET EN FAIT, NON, IL AVAIT DU JEU ET DES FOIS, IL...

CE PETIT MERDEUX LIT TOUS MES BLUFFS, ET J'AI PAS DE JEU DEPUIS 2 HEURES... ENFIN SI, AU DÉBUT, J'AI EU UN AS - VALET QUI M'A DONNÉ UNE SUPERBE SUITE AVEC UN GROS POT... ET ENSUITE QUELQUES DOUBLES PAIRES ET BRELANS, MAIS...
MOI, C'EST PAREIL...
CE THOMAS... C'EST UN DÉBUTANT, CE TYPE ! JE L'AI CAPTÉ DIRECT ! C'EST QUE DE LA CHANCE, ATTENDS... JE SAIS PAS CE QUI M'A PRIS DE METTRE TAPIS AVEC AS-9... ET LUI, IL PART AVEC ROI-10, ET RIEN JUSQU'AU TURN OÙ IL TOUCHE SON 10...
MAIS ELLE L'AVAIT DIT, LA NÉNETTE... AU DÉPART C'ÉTAIT PRESQUE DU FIFTY/FIFTY... PAR CONTRE, L'AUTRE, LÀ, FAUT S'EN MÉFIER...
QUOI, MA DISCIPLE ?! ELLE EST EXTRA, C'TTE MEUF ! C'EST UNE CHAMPIONNE NÉE ! EN PLUS, SA FAMILLE BAIGNE DANS LE MILIEU DU JEU DEPUIS DES GÉNÉRATIONS...
OUI, LA FAMEUSE DISCIPLE QUE T'AS FORMÉE SUR LE YACHT DES YAKUZAS POUR QUI TU BOSSAIS... ELLE EST MIMI !
MOUAIS... C'EST PAS TROP MON STYLE DE MEUF, MAIS QUESTION POKER, ELLE DÉCHIRE ! ELLE NOUS A SORTI DES MAINS D'OUTRE-TOMBE AVANT DE JOUER SERRÉ ! J'AI BIEN RECONNU TON STYLE, POUR LE COUP...
C'EST BON, JUSTIN ! TU ME LÂCHES, MAINTENANT ! JE SAIS TRÈS BIEN CE QUE JE FAIS !
MOI, JE TROUVE QUE C'EST UNE BOMBE, DOMMAGE QU'ELLE SOIT VRAIMENT TROP JEUNE... ELLE SE DÉFEND BIEN... MAIS BON, LES NANAS, C'EST TOUJOURS DUR À CERNER À UNE TABLE DE POKER...

ENCORE EN TRAIN DE MONTER DES THÉORIES SUR LE POKER ? BEN QUOI ?! ... VOUS EN FAITES, UNE TÊTE... C'EST MON CHARISME DIVIN QUI VOUS IMPRESSIONNE ?
OOOROOO ! COMMENT ÇA VA ? DIS-MOI QUE T'AVAIS AS/DAME ET QUE T'AS LAISSÉ LE PETIT BLOND GAGNER À TA PLACE !
MAIS NON ! PAS DU TOUT !! JE VOULAIS BLUFFER QUE J'AVAIS AS-DAME, JUSTEMENT... ET ILS M'ONT SUIVI, J'AVAIS 2 ET 8 DÉPAREILLÉS... MON CHARISME EST TOMBÉ EN PANNE, C'EST TOUT.
YVES, NAGI, JE VOUS PRÉSENTE ORO ! IL EST CHAMPION DE JEU DE BASTON, QUE CE SOIT DU STREET FIGHTER, DU GUILTY, OU DU SOUL CALIBUR, ET PUIS C'EST LE CHAMPION DU TOURNOI DE LA BAULE !
BRAVO, MEC T'ASSURES !
Clap Clap Clap
MERCI, MAIS C'EST SEULEMENT GRÂCE À MON CHARISME DIVIN, VOUS SAVEZ... MERCI, MERCI...
TU PARLES... CHARISME DIVIN... MON CUL, OUAIS ! T'AS EU TROP DE CHANCE L'AN DERNIER À LA FINALE... LA PREUVE, CE SOIR T'AS FOIRÉ !
CETTE ANNÉE, JE T'AURAI !

EUH... THOMAS ?... JE PEUX TE PARLER CINQ MINUTES ?
BEN VAS-Y...
EN TÊTE À TÊTE !
GRRRRR
?
JE TE PRÉVIENS, TU TOUCHES PAS À MON PORTE-BONHEUR, OU TU VAS AVOIR AFFAIRE À MOI !
JE... C'EST JUSTE POUR UN BRIEFING, T'INQUIÈTE PAS.. JE TE LE RENDS TOUT DE SUITE APRÈS...
GRRRR
ALLONS, ALLONS... DU CALME, LES FILLES ! IL Y EN AURA POUR TOUT LE MONDE... FANNY, JE TE SUIS...

QU'EST-CE QUI SE PASSE ? T'EN FAIS, UNE TRONCHE ! ON EST TOUS QUALIFIÉS POUR LA FINALE, TU DEVRAIS ÊTRE CONTENTE...
C'EST TRÈS BIEN, MAIS NE MISE PAS TOUT SUR LA CHANCE, HEIN ?! EN FAIT, JE VOULAIS TE PARLER À PROPOS DE JENNYFER...
ELLE N'EST PLUS ELLE-MÊME, TU AS DÛ T'EN RENDRE COMPTE ! QUAND ELLE JOUE AU POKER ET QU'ELLE BOIT UN PEU, CETTE FILLE SE TRANSFORME EN QUELQU'UN D'AUTRE. JE VOUDRAIS QUE...
... TU TE TIENNES LOIN D'ELLE, IL... IL NE FAUT... IL NE FAUT PAS QUE TU L'EMBRASSES...
JENNYFER EST EN MODE DARK, ET QUAND ELLE EST COMME ÇA, ELLE TERRASSE TOUT AU POKER. J'AI BESOIN QU'ELLE RESTE DANS CET ÉTAT. SI TU L'EMBRASSES, ELLE...
N'IMPORTE QUOI... ATTENDS...

AH AH AH ! ÇA Y EST, J'AI CAPTÉ ! T'ES JALOUSE ?! TU ME KIFFES ? JE SUIS TROP BEAU GOSSE ET TU VEUX SORTIR AVEC MOI ! J'AI ENTENDU LA DISCUSSION AVEC TA GRANDE SŒUR TOUT À L'HEURE...
T'ES PAS MON STYLE DE NÉNETTE, DÉSOLÉ. SI JE JOUE AU POKER, C'EST UNIQUEMENT POUR ELLE... ET MAINTENANT QUE J'AI UNE OCCASION ET QU'ELLE IGNORE JUSTIN, CROIS-MOI, JE VAIS PAS LÂCHER L'AFFAIRE...
...
OOOOH... MON THOMAS CHÉRI... TU ES TROP MÉCHANT AVEC MOI... MOI QUI COMPTAIS PASSER DANS TA CHAMBRE CETTE NUIT POUR QU'ON FASSE DES FOLIES DE NOS CORPS...

TU N'AIMES PLUS MES SEINS ? TOI QUI LES AS TANT REGARDÉS PENDANT LES COURS... MA SŒUR A RAISON, JE SUIS FOLLE DE TOI !
POC
HEIN ? QUE ? QUOI ?
GU... GU... GNÉÉÉÉÉ...
SMUAK

TIENS TIENS... TU VOIS ?! QUI AVAIT RAISON ? JE VOUS CONNAIS PAR CŒUR, TOI ET STÉPH' !
C'EST PAS CE QUE TU CROIS ! J'ÉTAIS JUSTE EN TRAIN DE DONNER DES CONSEILS À THOMAS...
FRUSTRA
C'EST BIEN COMPRIS ? TU T'APPROCHES PAS DE JENNYFER CE SOIR, SINON NADA !
ET T'AS INTÉRÊT À GAGNER DANS LES RÈGLES DE L'ART, SI TU VEUX TA RÉCOMPENSE !
ON A PARLÉ DE MOI ?
ON A RATÉ QUELQUE CHOSE D'IMPORTANT ?
OUI... OUI...

QU'EST-CE QUI VIENT DE SE PASSER ?
EH BIEN ! BRAVO ! C'EST DU PROPRE !
NOTRE PETITE SŒUR A DE DRÔLES DE MÉTHODES POUR MOTIVER SES TROUPES...
LAISSE TOMBER !
ON PEUT SAVOIR CE QUI S'EST PASSÉ ?
TINA, MA CHÉRIE, PEUX-TU NOUS LAISSER SEULE À SEULE AVEC MA SŒUR ? ON A DES COMPTES À RÉGLER, ELLE ET MOI... J'EN AI POUR 5 MINUTES...

QUELQUES MINUTES PLUS TARD...
JENNYFER MISHIMA
CHIP COUNT
9850
JEROME STEINER
CHIP COUNT
9225
SOPHIE O'MALLEY
CHIP COUNT
7250
SAMUEL ROUZIER
CHIP COUNT
7235
THOMAS VOLPE
CHIP COUNT
5215
TINA JOHANSEN
CHIP COUNT
3775
BENJAMIN GRAMAJE
CHIP COUNT
3535
LIONEL ROUSSEAU
CHIP COUNT
3515

BIEN !
ON PEUT COMMENCER LA FINALE.
LES BLINDS SONT DE 250/500 !
DEALER
...
RELANCE... 1500 !
FOLD !

TAPIS...
JENNYFER EST EN MODE DARK, ET QUAND ELLE EST COMME ÇA, ELLE TERRASSE TOUT AU POKER. J'AI BESOIN QU'ELLE RESTE DANS CET ÉTAT. SI TU L'EMBRASSES, ELLE...
MOUAIS... MOUAIS, MMM...
NON, NON... JE ME COUCHE !
C'EST CLAIR, MOI AUSSI !
ÇA FAIT PAS MAL, QUAND MÊME...

EN FAIT, J'AVAIS DÉCIDÉ DE JOUER MON TAPIS QUAND TON POTE JÉRÔME A RELANCÉ À 1500 !
CRECK CRECK
LUI, JE L'AI BIEN OBSERVÉ, MAIS ELLE... À PART LE FAIT QUE C'EST L'ÉLÈVE D'YVES... JE N'SAIS RIEN D'ELLE...
TAPIS !

chapitre 14

LUI,
JE L'AI BIEN OBSERVÉ,
MAIS ELLE...
À PART QUE C'EST
L'ÉLÈVE D'YVES...
JE N'SAIS RIEN
D'ELLE...
TAPIS !

JE PENSE QUE JE POURRAIS SUIVRE AVEC MES CARTES, MAIS...
... JE PRÉFÈRE OBSERVER TA FAÇON DE JOUER ET PASSER MON TOUR.
C'EST TOI QUI LUI AS APPRIS ÇA ?

AHHH...
CETTE FOIS-CI, ELLE PASSE PAS, MA PAIRE DE 2 !
AH AH AH !
JE ME COUCHE !
ALLEZ, MONTRE TON JEU ET TIRE LES CARTES, QU'ON ENCHAÎNE ! J'AI UNE PAIRE DE 10 ! ET TOI, T'AS QUOI ?!
YEEESSS !!
FLOP

INTÉRESSANT ! UN BRELAN DE 10 CONTRE UNE POSSIBILITÉ DE COULEUR... BENJOS EST PLUTÔT MAL BARRÉ, MAIS LE POKER SEMBLE ÊTRE AVEC LUI...
TURN

IL SEMBLERAIT QUE LA CHANCE SOIT AU RENDEZ-VOUS... JENNYFER A UN FULL !
EFFECTIVEMENT... SEULS UNE DAME OU LE ROI DE CARREAU PEUVENT CHANGER LA DONNE...
LE ROI DE CARREAU, LE ROI DE CARREAU, LE ROI DE CARREAU, LE ROI DE CARREAU, LE ROI DE CARREAU, LE ROI DE CARREAU, LE ROI DE CARREAU, LE ROI DE CARREAU, LE ROI DE CARREAU, LE ROI DE CARREAU...

WHOUHOUHOUWHO
RIVER
WOUAH ! LA QUINTE FLUSH QUI TE SAUVE LA VIE, L'ESPOIR FAIT VIVRE... JE FINIRAI PAR TE CLOUER LE BEC, MON POULET !
PFFFF !
3775 MOINS 500 ÇA NOUS FAIT 3275... MOINS 250... ET JÉRÔME... 7000... 7725 !
T'ESTIMES LES TAPIS ?
OUI... BENJOS VIENT DE PASSER CHIPLEADER SUR CE COUP...

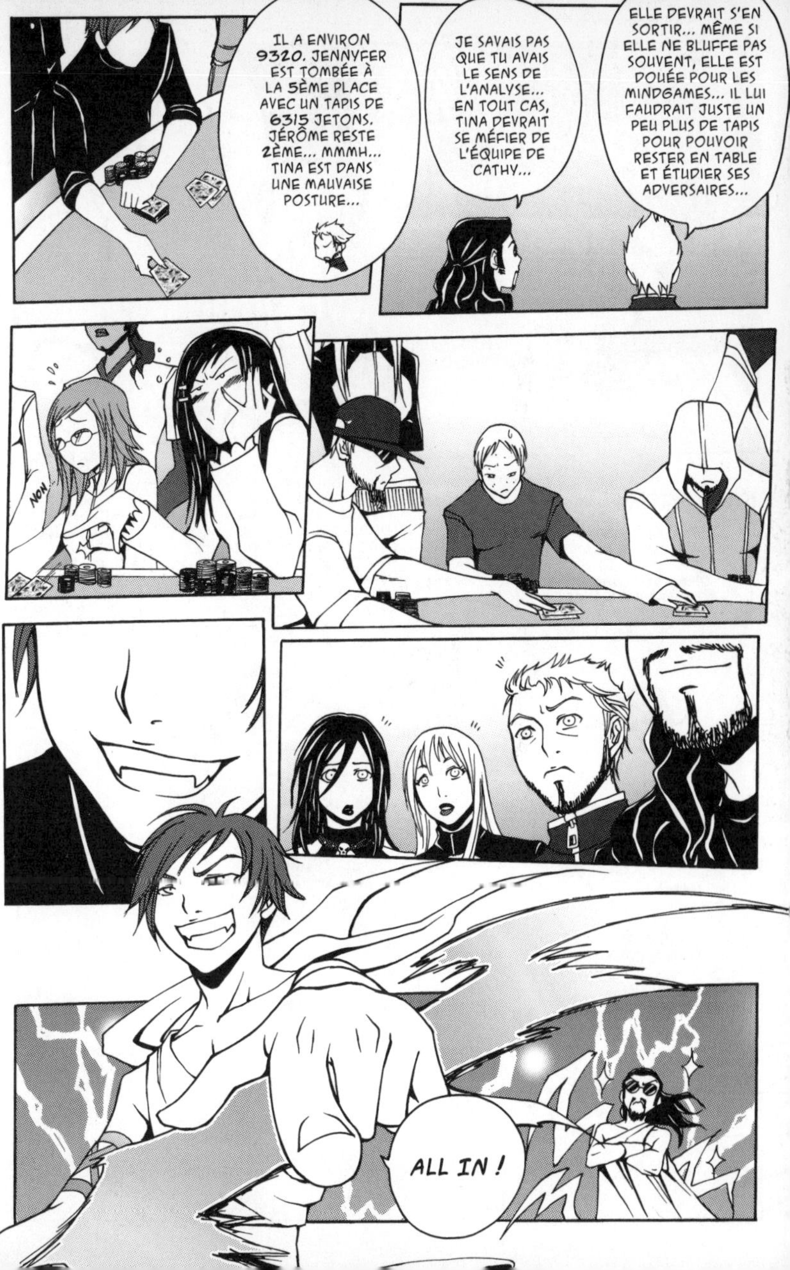
IL A ENVIRON 9320. JENNYFER EST TOMBÉE À LA 5ÈME PLACE AVEC UN TAPIS DE 6315 JETONS. JÉRÔME RESTE 2ÈME... MMMH... TINA EST DANS UNE MAUVAISE POSTURE...
JE SAVAIS PAS QUE TU AVAIS LE SENS DE L'ANALYSE... EN TOUT CAS, TINA DEVRAIT SE MÉFIER DE L'ÉQUIPE DE CATHY...
ELLE DEVRAIT S'EN SORTIR... MÊME SI ELLE NE BLUFFE PAS SOUVENT, ELLE EST DOUÉE POUR LES MINDGAMES... IL LUI FAUDRAIT JUSTE UN PEU PLUS DE TAPIS POUR POUVOIR RESTER EN TABLE ET ÉTUDIER SES ADVERSAIRES...
NON
ALL IN !

ORO !?
TU PEUX M'EXPLIQUER CE QUE ÇA SIGNIFIE ?
EH BIEN...
QUELQUEFOIS, QUAND LES BLINDS SONT ÉLEVÉES, QUE T'ES EN POSITION DE DEALER, QU'IL N'Y A PAS EU DE RELANCE AVANT TOI ET PAS GRAND MONDE DANS LE COUP, N'HÉSITE PAS À UTILISER UNE GROSSE RELANCE PRÉ-FLOP POUR VOLER QUELQUES BLINDS.
C'EST UN PEU LE "SYSTÈME" STRATÉGIQUE DU TOURNOI NO-LIMIT DE DAVID SKLANSKY.
JE LUI AI APPRIS À SE SERVIR DE LA STRATÉGIE DÉFINIE DANS "TOURNAMENT POKER FOR ADVANCED PLAYERS" DE DAVID SKLANSKY.
S.BLIND
DEALER
BIG BLIND
EN VÉRITÉ, C'EST TROP FACILE !
COUCHÉE...
OUIIIIII !!! JE VAIS PAYER, Y'A PAS MOYEN QUE JE LA JOUE PAS, CELLE-LÀ !
HEY ! FAUT PAYER LE BLIND !!!
OH PARDON, DÉSOLÉE...

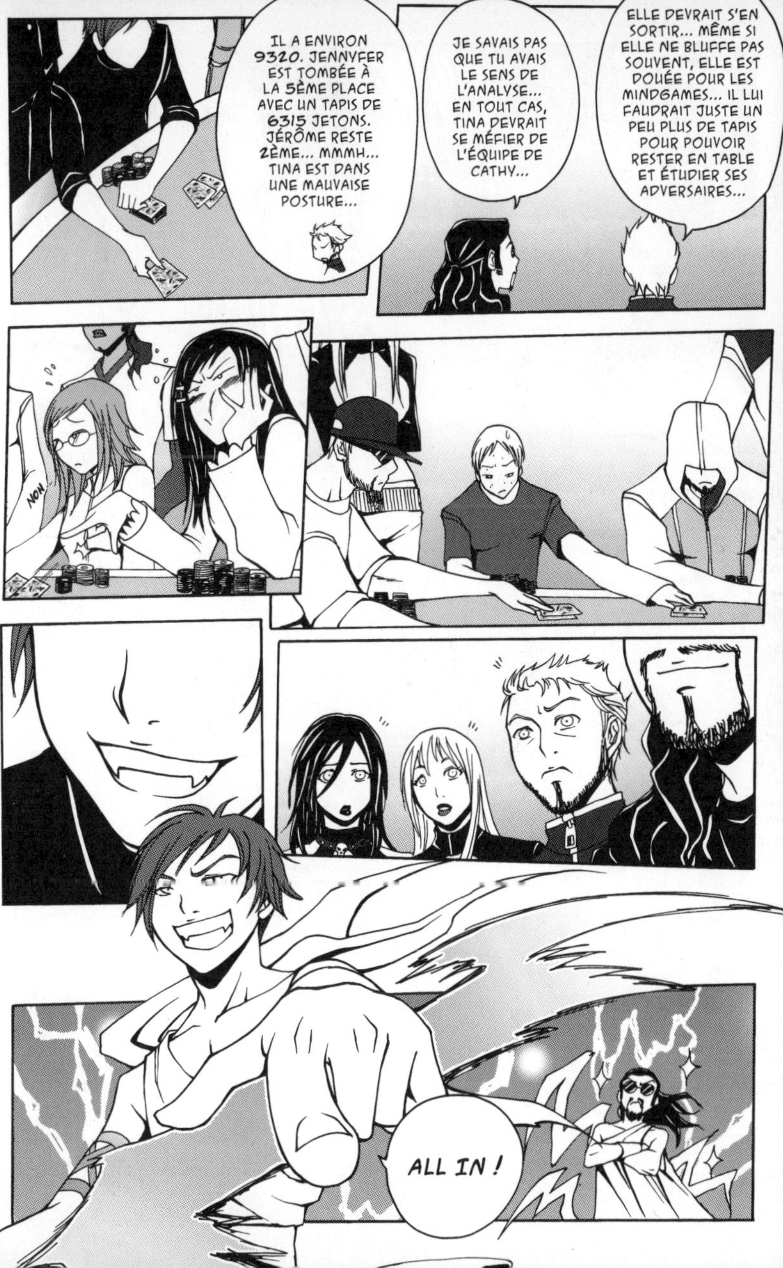
IL A ENVIRON 9320. JENNYFER EST TOMBÉE À LA 5ÈME PLACE AVEC UN TAPIS DE 6315 JETONS. JÉRÔME RESTE 2ÈME... MMMH... TINA EST DANS UNE MAUVAISE POSTURE...
JE SAVAIS PAS QUE TU AVAIS LE SENS DE L'ANALYSE... EN TOUT CAS, TINA DEVRAIT SE MÉFIER DE L'ÉQUIPE DE CATHY...
ELLE DEVRAIT S'EN SORTIR... MÊME SI ELLE NE BLUFFE PAS SOUVENT, ELLE EST DOUÉE POUR LES MINDGAMES... IL LUI FAUDRAIT JUSTE UN PEU PLUS DE TAPIS POUR POUVOIR RESTER EN TABLE ET ÉTUDIER SES ADVERSAIRES...
NON
ALL IN !

ORO !? TU PEUX M'EXPLIQUER CE QUE ÇA SIGNIFIE ?
EH BIEN...
JE LUI AI APPRIS À SE SERVIR DE LA STRATÉGIE DÉFINIE DANS "TOURNAMENT POKER FOR ADVANCED PLAYERS" DE DAVID SKLANSKY.
QUELQUEFOIS, QUAND LES BLINDS SONT ÉLEVÉES, QUE T'ES EN POSITION DE DEALER, QU'IL N'Y A PAS EU DE RELANCE AVANT TOI ET PAS GRAND MONDE DANS LE COUP, N'HÉSITE PAS À UTILISER UNE GROSSE RELANCE PRÉ-FLOP POUR VOLER QUELQUES BLINDS.
C'EST UN PEU LE "SYSTÈME" STRATÉGIQUE DU TOURNOI NO-LIMIT DE DAVID SKLANSKY.
S.BLIND
DEALER
BIG BLIND
EN VÉRITÉ, C'EST TROP FACILE !
COUCHÉE...
HEY ! FAUT PAYER LE BLIND !!!
OH PARDON, DÉSOLÉE...
OUIIIIII !!! JE VAIS PAYER, Y'A PAS MOYEN QUE JE LA JOUE PAS, CELLE-LÀ !

TAPIS !
FOLD...
HMMM...
FLAP
SI TU AS DÉCIDÉ DE FAIRE TAPIS À CHAQUE MAIN, TU VAS AVOIR DES PROBLÈMES... RELANCÉ DE MON TAPIS, CE QUI FAIT 7225 EN TOUT, 1510 DE PLUS...
AAHHHH LES JEUNES... IL Y EN A UN QUI BLUFFE, L'AUTRE QUI LE GRILLE ET QUI DOIT AVOIR DE BONNES CARTES, MAIS VOUS M'OBLIGEZ À VOUS DÉVOILER MON JEU. JE CALL, J'AI AS- ROI À CŒUR ! MONTREZ VOS JEUX !

THOMAS
JÉRÔME
AH AH AH ! NON MAIS TWOA T'ES TROP NAZE ! T'ES FIOUTU !
HA HA HA HA
SOPHIE, NO COMMENT ! TIRE LES CARTES, ILLICO PRESTO !
FLOP
BEN VOILÀ, THOMAS ! J'AI TOUCHÉ UNE SUITE, COMMENT PENSES-TU T'EN TIRER, AVEC TA PAIRE DE 9 ?!
ATTENDS, PETIT, T'EMBALLE PAS SI VITE... IL RESTE ENCORE 2 CARTES...
TURN
LÀÀÀ !!! C'EST MOI QUI AI LA SUITE À L'AS, ET TOUT LE MONDE FERME SA GRANDE GUEULE MAINTENANT !!

ATTENDEZ, ATTENDEZ, LE COUP N'EST PAS TERMINÉ...IL EST ENCORE TROP TÔT POUR CRIER VICTOIRE...
RIVER
MAIS MERDE ! BORDEL ! C'EST PAS POSSIBLE, UN CUL BORDÉ DE NOUILLES PAREIL !!!
POUM
C'EST FINI, J'ARRÊTE LE POKER...
MAIS IL SE PASSE QUOI ?
TU VIENS DE TRIPLER TON TAPIS, EN PLUS DES BLINDS, ET TU GAGNES DONC TOUT ÇA... CE QUI FAIT 17 645 AVEC COULEUR À L'AS... ET VOUS DEUX, VOUS AVEZ CHACUN UNE SUITE À L'AS DONC VOUS VOUS PARTAGEZ CE QUI RESTE, CE QUI FAIT 1510 CHACUN.
TON NOUVEAU BOYFRIEND EST CHIPLEADER... REMARQUE, ÇA NE M'ÉTONNE QU'À MOITIÉ, QU'IL AIT DÉJÀ UNE CHANCE DE COCU !

DEALER
SMALL BLIND
BIG BLIND
CALL...
AH ! EUHHH... ALLEZ-Y SANS MOI !
FOLD...
RELANCE DE MON TAPIS... 1510 EN TOUT !
NON, JE ME COUCHE.
PFFFF...
MOUAIS, COMME TU DIS, PFFF... COUCHÉ, PAREIL !
C'EST SUIVI POUR MOI !
PAS POUR MOI...
BIEN !!! LES TARLOUZES, MONTREZ VOS JEUX !

FLOP
TURN
RIVER
VICTOIRE DE LIONEL AVEC UNE SUITE, JÉRÔME EST DISQUALIFIÉ. FRANCHEMENT, ÇA DEVIENT ENNUYEUX, CETTE PARTIE...
VOILÀ, COMME ÇA C'EST FAIT... AMUSEZ-VOUS BIEN, MOI, JE RENTRE !
HEY, PARS PAS COMME ÇA ! ATTENDS, JE T'ACCOMPAGNE, AU MOINS...
NON MERCI, J'AI BESOIN D'ÊTRE SEUL !

ALL IN !!!
ÇA COMMENCE À M'AGACER SÉVÈRE, LÀ ! JE CALL !
FLOP
TURN
RIVER
SAMOS GAGNE 3540 AVEC PAIRE DE 6 ET PAIRE DE 5...

ÇA M'A L'AIR D'ÊTRE UN SACRÉ ADVERSAIRE, MAIS IL PERD VITE PATIENCE, CE TYPE...
EXACT !
DEPUIS QU'IL JOUE DANS LA TEAM DE CATHY, SAMOS A PARTICIPÉ PLUSIEURS FOIS AU TOURNOI DE LA BAULE, ET IL A TOUJOURS ÉTÉ PARMI LES FINALISTES. IL A UN STYLE PLUTÔT AGRESSIF EN RÈGLE GÉNÉRALE MAIS IL SÉLECTIONNE SES MAINS...
AUTANT DIRE QUE C'EST UN JOUEUR SERRÉ ET TRÈS SOLIDE, IL FAIT PEU D'ERREURS... ON L'APPELLE : LE BOUCHER DES ALPES !
QUELQUES MAINS PLUS TARD...
DEALER
TAPIS !
SUIVI !
RIVER
SAMUEL REMPORTE LE POT DE 7330 AVEC BRELAN DE DIX...
YEAH ! BEN VOILÀ, BACK IN BUSINESS !

NON...
EUUUH.... TAPIS !
JE ME COUCHEUUUUH...
IL DEVRAIT SÉRIEUSEMENT CHANGER DE STRATÉGIE... AU BOUT D'UN MOMENT, IL VA SE FAIRE PRENDRE EN PLEIN BLUFF...

GRRR
C'EST BON, THOMAS ! JE SAIS QUE TU BLUFFES ! TON SEUL BUT, C'EST DE VOLER DES BLINDS ! ALORS TANT PIS POUR TOI ! TU L'AURAS VOULU, JE PAIE !!!

FLOP
TURN
RIVER
PARTAGE... VOUS GAGNEZ TOUS LES DEUX... CETTE PARTIE N'A VRAIMENT AUCUN INTÉRÊT, QUE DES TAPIS PRÉ-FLOP AU PETIT BONHEUR LA CHANCE...
THOMAS ! MAIS À QUOI TU JOUES, LÀ ?!!! TU PEUX PAS TOUJOURS COMPTER SUR LA CHANCE ET PARTIR À TAPIS PRÉ-FLOP COMME ÇA À CHAQUE FOIS !
AÏÏÏEUHH ! MAIS LAISSE-MOI ! JE T'EXPLIQUERAI PLUS TARD, ÇA FAIT PARTIE DE MA STRATÉGIE, J'AI VU ÇA AVEC ORO !

ORO !!! BORDEL, MAIS C'EST PAS VRAI ! ME DIS PAS QUE C'EST TOUJOURS TON HISTOIRE DE SKLANSKY ???
EUHHH... J'Y SUIS POUR RIEN... IL M'A DIT QU'IL AVAIT COMPRIS DES CHOSES LORS DE LA PARTIE CHEZ STÉPHANIE ET QU'IL AVAIT AMÉLIORÉ LE SYSTÈME DE SKLANSKY, MAIS SANS ME DÉVOILER SON PETIT SECRET... APRÈS ON A FAIT DES PARTIES DE TEST ON-LINE ET LES RÉSULTATS ÉTAIENT CONCLUANTS.
TAP
TAP
TAP
AUGMENTATION ! 300 - 600

DEALER
SMALL BLIND
200
200
BIG BLIND
200
TAPIS !
TAP
TAP
AAALL IN !!!
COUCHÉ...
ALL IN !

FLOP
TURN
RIVER
ET C'EST LA CHARMANTE TINA QUI GAGNE AVEC SUITE ! LIONEL EST OUT !
GRÂCE À TON DISCIPLE ET À SA PETITE STRATÉGIE, LA COUSINE REMONTE... JE COMMENCE À COMPRENDRE OÙ TU VOULAIS EN VENIR QUAND TU DISAIS QUE TU VOULAIS EN FAIRE UN NETTOYEUR DE PRO...
ET SI ON COMMENÇAIT LES CHOSES SÉRIEUSES ?

BLINDS!!
TIMAX
400/800
500/1000
600/1200
WE 12-14-06
01:09 30
PM
WR 50M
UP!! 10935
UP!! 9750
UP!! 9115
DOWN!! 8700
DOWN!! 6600
DOWN!! 4500

BLIND 700-1400 - RIVER
RELANCE DE 1400...
DEALER

FLOP
C'EST PAS VRAIMENT CE QUE J'ATTENDAIS... QU'EST-CE QUE TU COMPTES FAIRE, PETITE ?
DÉJÀ, JE VOIS PAS POURQUOI T'AS SUIVI... T'AURAIS DÛ TE COUCHER SI TU VOULAIS PAS VOIR CE FLOP !
TAPIS !
HA HA HA HA HA
HÉ HÉ ! TRIBINIIIIII, C'EST PAYÉ MON LAPIN !
TURN
RIVER

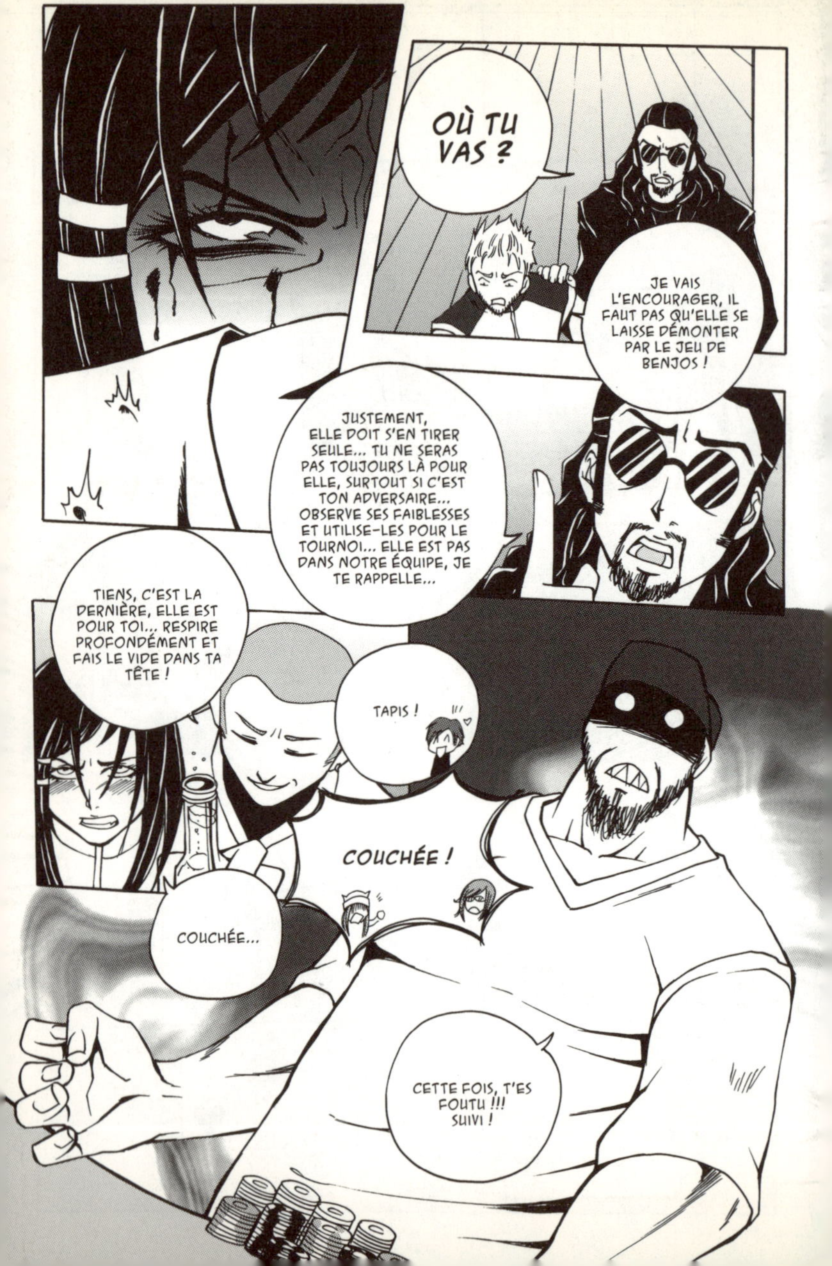
OÙ TU VAS ?
JE VAIS L'ENCOURAGER, IL FAUT PAS QU'ELLE SE LAISSE DÉMONTER PAR LE JEU DE BENJOS !
JUSTEMENT, ELLE DOIT S'EN TIRER SEULE... TU NE SERAS PAS TOUJOURS LÀ POUR ELLE, SURTOUT SI C'EST TON ADVERSAIRE... OBSERVE SES FAIBLESSES ET UTILISE-LES POUR LE TOURNOI... ELLE EST PAS DANS NOTRE ÉQUIPE, JE TE RAPPELLE...
TIENS, C'EST LA DERNIÈRE, ELLE EST POUR TOI... RESPIRE PROFONDÉMENT ET FAIS LE VIDE DANS TA TÊTE !
TAPIS !
COUCHÉE !
COUCHÉE...
CETTE FOIS, T'ES FOUTU !!! SUIVI !

HA HA HA HA
HA HA
AH AH AH ! C'EST PAS POSSIBLE D'ÊTRE AUSSI STUPIDE QUE TOI !
GLUB GLUB
ZAP
ZAP
HIA HIA
HIA HIA
HIA HIA
ET C'EST ENCORE POUR THOMAS AVEC UNE SUITE ! SAMOS DÉGAGE ! ALLEZ !!!

COUCHÉE...
COUCHÉ...
TAP...
ENOUGH !!! JE PERDS MON PATIENCE, LÀ ! JE PAIE !
DIS-DONC, COCO ! TU PENSES AVOIR UNE BONNE FÉE QUI TE PROTÈGE ? C'EST QUOI, TON SECRET ?
EUH... EN FAIT, LÀ... JE BLUFFAIS, JE PENSAIS VRAIMENT QU'ELLE ALLAIT SE COUCHER, VU MON TAPIS...
HMMM... C'EST PAS FAUX... SEULEMENT, LORSQUE TES ADVERSAIRES ONT DE BONNES CARTES, CE GROS TAPIS FAIT TRÈS ENVIE ET ILS N'HÉSITERONT PAS À TE SUIVRE POUR TE PIQUER DES JETONS.
BON, LÀ, IL SE TROUVE QUE TU GAGNES AVEC UNE PAIRE DE 4 ET QUE TU SORS, SOPHIE...
DÉSOLÉ...
PISS OFF ASS HOLE... C'EST DE LA GRAND N'IMPORTE QUOI, CE TYPE !!!

"DRY"
Asahi
辛口
スーパードライ
アサヒビール
ÇA Y EST, ÇA COMMENCE À FAIRE EFFET.

15000!!
25000!!
36000!!
HEY TOI !

C'EST CE QU'ON APPELLE SE FAIRE PLUMER !
APPROCHE UN PEU PAR ICI !

KYAAHH
ÇA VA, THOMAS ?
OUI, OUI, ÇA VA... JE COMMENCE À AVOIR L'HABITUDE, MAINTENANT.

ON PEUT SAVOIR CE QUI T'A PRIS ?
THOMAS ESSAIE DE DÉSTABILISER SON ADVERSAIRE... TOUS LES MOYENS SONT BONS POUR GAGNER, APPAREMMENT...
TSK !!
EN TOUT CAS, VOUS AVEZ UN BEL ESPRIT DANS VOTRE ÉQUIPE : LA FIN JUSTIFIE LES MOYENS, C'EST ÇA ? BRAVO !
ALLEZ, LA FÊTE EST FINIE... C'EST PAS LA PEINE DE CONTINUER LA PARTIE, SURTOUT QUAND LES FINALISTES SONT DE LA MÊME ÉQUIPE, UN TÊTE À TÊTE PEUT DURER DES HEURES ET JE SUIS VRAIMENT FATIGUÉE.
QUEL DOMMAGE, MA CHÈRE CATHY, VRAIMENT. ON VIENT À PEINE D'ARRIVER ET LES CHOSES COMMENÇAIENT JUSTEMENT À DEVENIR INTÉRESSANTES...
STÉPHANE !?
MAX !?
MÉLANIE...

chapitre 15

PLUS TÔT DANS LA SOIRÉE...
ALFRED, JE PEUX SAVOIR CE QUE ÇA SIGNIFIE ?
QUOI !?
TRÈS BIEN, VOUS AVEZ BIEN FAIT DE ME PRÉVENIR, J'ARRIVE TOUT DE SUITE !

HOTEL
ELLES SONT À L'ÉTAGE PRIVÉ, MONSIEUR.
OK, COMBIEN SONT-ILS ?
EN COMPTANT LA SŒUR MÜLLER, ILS SONT 5, MONSIEUR. EST-CE QUE LA PARTIE VOUS A APPORTÉ...
... DES INFORMATIONS SUPPLÉMENTAIRES, MONSIEUR ?
NON, MAIS J'INTERROGERAI LIONEL SUR LE COMPORTEMENT DES JOUEURS, IL A UN BON SENS DE L'ANALYSE...
EN FAIT, D'UN POINT DE VUE STRATÉGIQUE, CETTE HISTOIRE EST UNE AUBAINE... J'AURAIS DÛ PENSER À PERDRE PLUS TÔT...

ON VA ATTENDRE DE VOIR CE QUI SE PASSE... JE PENSE QUE LA JUMELLE VA SE RENDRE À LA SALLE DE GYM...
DÉCIDÉMENT, LES MÜLLER SONT PRÊTES À TOUT POUR GAGNER CE TOURNOI... JE PENSAIS QUE FANNY VOULAIT JUSTE ÊTRE BIEN VUE DE SON PÈRE, MAIS LÀ JE DOIS ADMETTRE QUE ÇA VA PLUS LOIN... UN KIDNAPPING, PFFF... JE ME DEMANDE BIEN QUELLE EST LA MOTIVATION DE CHACUNE D'ENTRE ELLES...
HUM... SAVIEZ-VOUS QUE MONSIEUR MÜLLER, EN PLUS D'ÊTRE UN CHAMPION DE POKER RÉPUTÉ DANS LE MONDE ENTIER, ÉTAIT UN TRÈS BON AMI DE FEU VOTRE PÈRE, MONSIEUR ?
NON, JE NE SAVAIS PAS QUE C'ÉTAIT UN PROCHE DE LA FAMILLE... JE NE ME SOUVIENS PAS AVOIR VU SON VISAGE... PAR CONTRE, JE SAIS QU'IL A UN SACRÉ PALMARÈS...
C'EST BON, ALFRED, ON PEUT Y ALLER... LA VOIE EST LIBRE... ILS NE DOIVENT ÊTRE PLUS QUE 2 POUR SURVEILLER LES FILLES...

TOC TOC
SERVICE D'ÉTAGE...
ON N'A RIEN COMMANDÉ, VOUS FAITES ERREUR !
MADEMOISELLE MÜLLER M'A PRIÉ DE VOUS APPORTER DES BOISSONS CHAUDES ET DES PETITS GÂTEAUX.
ÇA, C'EST SYMPA DE SA PART, ALLEZ-Y...
BAAAM !!

OÙ SONT-ELLES ?
MAIS T'ES QUI, TOI, BORDEL ?
QUENTIN ? QU'EST-CE QUI SE PASSE ?
CHTONK

AÏE ! AÏE ! AÏE ! ÇA FAIT MAL, PUTAIN !
MAIS C'EST QUOI VOTRE PROBLÈME, À TOUS LES DEUX ?
VOUS ALLEZ NOUS DIRE GENTIMENT OÙ SE TROUVENT LES FILLES, SINON JE LUI PÈTE LE BRAS !
ELLES SONT LÀ... MAIS VOUS VOUS PRENEZ POUR LE FBI DES SÉRIES TÉLÉ OU QUOI ? C'EST QUOI, CES FAÇONS D'AGIR ?
BEN... VOUS ALLEZ BIEN...

JÉRÔMMMME !
ON LEUR APPRENAIT SIMPLEMENT À JOUER AU POKER... ÇA VA PAS, DE SAUTER SUR LES GENS COMME ÇA ?!
LOS ANGELES
LAKERS
JÉRÔME ? ÇA VA ?

STÉPH', MAIS QU'EST-CE QUE TU FOUS LÀ, GRAND CRÉTIN ?
ATTENTION... PEUT-ÊTRE QUE PAP' ET MAM' VONT SURGIR D'UN INSTANT À L'AUTRE...
APPAREMMENT, TOUTE LA FAMILLE S'INTÉRESSE AU POKER... J'ÉTAIS SURPRIS DE TOMBER SUR LA MIOCHE À L'HÔTEL ET MAINTENANT TE VOILÀ, LE MERDEUX !
MAX ?
HÉ ! FRÉROT, ÇA VA ?
TU FERAIS MIEUX DE RENTRER... J'AI QUELQUES COMPTES À RÉGLER AVEC CERTAINES PERSONNES PRÉSENTES ICI, JE T'EXPLIQUERAI PLUS TARD.

MES SŒURS ADORÉES !
JE VOULAIS VOUS FAIRE UNE SURPRISE ET PROFITER DES PISTES MOI AUSSI.
ET PUIS... J'AVAIS PLEIN DE BELLES CHOSES À VOUS ANNONCER, DU GENRE... SAVEZ-VOUS QUE PAPA ET MAMAN DIVORCENT ? ET TOUT ÇA...

QUOI !?
OOOH ! MA PAUVRE STÉPHANIE, TU NE SAVAIS PAS ?! POURTANT, TU DEVRAIS ÊTRE AU COURANT, VU QU'ORO TRAVAILLE POUR PAPA... AH, MAIS PEUT-ÊTRE QUE ÇA AUSSI, TU L'IGNORES...
ORO, CE CHER ORO... IL EST CHARGÉ DE RÉUNIR DES ÉQUIPES POUR FANNY ET TOI, DE LES FAIRE ÉVOLUER ET DE VOUS FAIRE GAGNER LE TOURNOI, CAR PAPA A PARIÉ SUR VOUS CONTRE MAMAN... ENFIN, TU CONNAIS PAPA... POUR LUI, LE JEU EST BIEN PLUS QU'UNE PHILOSOPHIE DE VIE, C'EST UNE RELIGION...

ATTENDS... MAIS POURQUOI MON EX, LE BEAU JUSTIN, FAIT ÉQUIPE AVEC TOI, DÉJÀ ? POURQUOI, APRÈS LA MAISON DE REDRESSEMENT, IL N'EST PAS REVENU ME VOIR ? ON FORMAIT UN BEAU COUPLE, LUI ET MOI, APRÈS TOUT...
AH OUI ! C'EST PAR RAPPORT À TINA, BIEN SÛR, ET LEUR AMOUR IMPOSSIBLE... IL EST VRAI QUE CE MINABLE FANTASME SUR SA COUSINE, SUIS-JE BÊTE ! IL N'A PAS PU SE TROMPER DE JUMELLE, VU QUE MA SŒUR N'EST PAS INTÉRESSÉE PAR LES GARÇONS...
COMMENT OSES-TU ? ARRÊTE IMMÉDIATEMENT !
AH AH AH ! DÉSOLÉE, J'AVAIS OUBLIÉ QU'IL NE FALLAIT PAS S'ATTAQUER À TA VIE PRIVÉE ET À LA PETITE TRAÎNÉE SAVANTE AVEC QUI TU FRICOTES...
EXCUSE-MOI, VRAIMENT, MAIS C'EST TOUJOURS AUSSI DRÔLE DE TE TAQUINER... SURTOUT SUR CETTE PETITE FAIBLESSE QUE TOUT LE MONDE DÉSAPPROUVE DANS LA FAMILLE... N'EST-CE PAS, CATHY ?

PAF
MAIS POURQUOI TANT DE HAINE !?
CATHY, MAIS FAIS QUELQUE CHOSE, ENFIN ! JE SUIS TA PETITE SŒUR, QUAND MÊME...
JE CROIS QUE TU L'AS BIEN CHERCHÉ ! MAINTENANT, J'AIMERAIS BIEN QUE TU NOUS EXPLIQUES CETTE HISTOIRE DE DIVORCE...

ATTENDS UN PEU... ÇA REMONTE À 17 ANS EN ARRIÈRE... L'UNE D'ENTRE NOUS N'ÉTAIT PAS DÉSIRÉE, MAIS IL ÉTAIT TROP TARD POUR QUE MAMAN AVORTE. VOUS VOYEZ DE QUI JE VEUX PARLER...
À L'ÉPOQUE, ILS NE S'ENTENDAIENT PLUS TROP, ET NOTRE PÈRE L'A TROMPÉE À PLUSIEURS REPRISES... MAMAN AVAIT DES SOUPÇONS, MAIS RIEN DE FONDÉ JUSQU'À RÉCEMMENT, OÙ ELLE A DÉCOUVERT LE TESTAMENT DE PAPA EN FOUILLANT DANS SON COFFRE...
NOUS AVONS UN PETIT FRÈRE QUELQUE PART DANS LA NATURE, LES FILLES ! LA VOILÀ, LA VÉRITÉ !

ARRÊTE DE RACONTER DES CONNERIES ! QU'EST-CE QUE TU CHERCHES, À LA FIN ?
ON SE CROIRAIT DANS LES FEUX DE L'AMOUR ! C'EST PAS POSSIBLE, ÇA TIENT PAS DEBOUT, TON HISTOIRE... POURQUOI AURAIENT-ILS FAIT JODIE, ALORS ?
AH AH AH ! JODIE, C'EST VRAI...
CATHY, CHOISIS TON CAMP... PAPA OU MAMAN ? JODIE ET MOI, ON EST AVEC MAMAN, IL NE MANQUE PLUS QUE TOI ET JE SUIS LÀ POUR ÇA.
JE NE VOIS PAS POURQUOI JE DEVRAIS FAIRE CE GENRE DE CHOIX ! ÇA FAIT DES ANNÉES QUE JE SUIS INDÉPENDANTE... QUEL EST LE RAPPORT ?
JODIE N'EST PAS LA FILLE DE NOTRE PÈRE ! DEPUIS QUE FANNY EST NÉE, MAMAN A UN AMANT. PAPA L'A DÉCOUVERT IL Y A PEU DE TEMPS ET IL VEUT S'EN SERVIR POUR LE DIVORCE... ET C'EST POURQUOI MAMAN A FOUILLÉ DANS SES AFFAIRES, ELLE CHERCHAIT UN MOYEN DE SE DÉFENDRE AU PROCÈS.
IL N'Y AURA PAS DE PROCÈS MÉDIATIQUE, RASSUREZ-VOUS... TOUT VA S'ARRANGER À L'AMIABLE APRÈS LE TOURNOI. SI FANNY OU STÉPHANIE GAGNE, MAMAN SE RETROUVE QUASIMENT À LA RUE... ALORS QUE SI C'EST ELLE QUI GAGNE, PAPA S'EN TIRE QUAND MÊME AVEC UN BEAU PARACHUTE DORÉ... C'EST BIEN ÇA, ORO, HEIN ?

OK, TRÈS BIEN ! JE VOIS QU'ON NE PEUT RIEN TE CACHER, MÉLANIE... JE TRAVAILLE BIEN POUR MONSIEUR MÜLLER... MAIS JE NE T'AUTORISE PAS À DIRE N'IMPORTE QUOI, LE MARCHÉ CONCLU ENTRE VOS PARENTS EST ÉQUITABLE !
FANNY, REPRENDS-TOI ! MÉLANIE VEUT TE DÉSTABILISER AVANT LE TOURNOI, PARCE QUE TU LUI FAIS PEUR AVEC TON ÉQUIPE... JE T'EXPLIQUERAI PLUS TARD, MAIS TON PÈRE TIENT À TOI, CROIS-MOI.
STÉPHANIE, JE NE TE TRAHIRAI PAS, JE SUIS LÀ POUR TE PROTÉGER ET TE FAIRE GAGNER, DONC ÇA NE CHANGE RIEN À NOTRE PROJET D'ÉQUIPE, MÊME SI JE SUIS EN MISSION POUR TON PÈRE...
CATHY, MÉLANIE A RAISON... IL FAUT QUE TU CHOISISSES TON CAMP. MAIS SI TU GAGNES, TU PERDRAS TON INDÉPENDANCE ET LE SOUTIEN DE TON PÈRE. JE NE PEUX PAS T'AIDER DANS CETTE DÉCISION, MAIS TA MÈRE A PARIÉ SUR TOI POUR GAGNER LE TOURNOI.
ASSEZ !!! TOUT LE MONDE DEHORS ! JE NE VEUX PLUS VOIR PERSONNE !

LE LENDEMAIN...
TU SAIS QU'HIER SOIR, TU AS PRIS D'ÉNORMES RISQUES ET QUE SI TU N'AVAIS PAS EU DE LA CHANCE, TU TE SERAIS FAIT SORTIR EN MOINS DE DEUX...
NOOOOON MAIS QU'EST-CE QUE TU CROIS ? LE PREMIER TAPIS QUE J'AI FAIT, J'ÉTAIS DEALER, TOUT LE MONDE S'ÉTAIT COUCHÉ DONC J'AI FACILEMENT PU VOLER LES BLINDS, PAREIL POUR LE DEUXIÈME...
... TOUT LE MONDE S'ÉTAIT PLUS OU MOINS COUCHÉ À PART SAMOS QUI A SUIVI... JE VOULAIS LUI FAIRE PEUR AVEC MON TAPIS ET L'OBLIGER À SE COUCHER, MAIS JÉRÔME A SUIVI MA RELANCE. HEUREUSEMENT QUE J'AVAIS 2 CARTES CONNECTOR DE LA MÊME COULEUR...
9 ET 7 T'APPELLES ÇA CONNECTOR, TOI ?
BREF... J'AI GAGNÉ GRÂCE À LA COULEUR.
OUI, MAIS APRÈS, TU PARTAIS TOUT LE TEMPS À TAPIS PRÉ-FLOP !

EN FAIT, JE VOULAIS MONTRER QUE JE BLUFFE SOUVENT ET QUE JE SAIS PAS JOUER, POUR QUE LES FOIS OÙ J'AI DU JEU, ILS TOMBENT DANS MON PIÈGE ET QUE J'AUGMENTE MON TAPIS. SI TU MONTRES QUE T'ES UN BLUFFEUR, TOUT LE MONDE SAIT QUE TU MENS ET CROIT QUE TU N'AS PAS DE JEU...
MAIS TU PEUX PAS GAGNER À TOUS LES COUPS AVEC CE GENRE DE FONCTIONNEMENT ! JUSTEMENT PARCE QUE TU TE FAIS SUIVRE ALORS QUE TU BLUFFES !
MINUTE, PAPILLON, J'AI PAS ENCORE DÉVOILÉ MON VRAI JEU ! IL FALLAIT QUE JE LEUR MONTRE QUE JE SUIS UN MAUVAIS BLUFFEUR, COMME ME L'A CONSEILLÉ ORO... COMME ÇA ILS NE SAVENT PAS COMMENT JE JOUE RÉELLEMENT...ET PUIS, IL NOUS RESTE ENCORE QUELQUES JOURS DE PRÉPARATION AVANT LE TOURNOI...
ET AU FAIT ! TU SORS AVEC JENNYFER, ALORS ? TU L'AS EMBRASSÉE HIER SOIR...
HE HE HE
ATTENDS, MON POTE ! TU SAIS PAS TOUT...

JE VAIS TE CONFIER UN PETIT SECRET, MAIS FAUT VRAIMENT LE RÉPÉTER À PERSONNE... JE SORS AVEC FANNY, JENNYFER ET SYLVIE EN MÊME TEMPS. MAIS EN PUBLIC, ON DOIT FAIRE COMME SI DE RIEN N'ÉTAIT !
FANNY, JENNYFER ET SYLVIE... MAIS COMMENT TU FAIS ?
AH AH AH ! MON POTE ! TU ME CONNAIS, JE SUIS LE ROI DE LA TCHATCHE ET LE N°1 DE LA DRAGUE !

LES FILLES NE ME RÉSISTENT PAS ! JE SUIS UN TOMBEUR !
MAIS ELLES SONT AU COURANT, LES UNES POUR LES AUTRES ? JE VEUX DIRE... SYLVIE EST UNE FILLE POSSESSIVE, QUAND MÊME...
JUSTEMENT, C'EST POUR ÇA QU'IL FAUT QUE TU TE TAISES ! JE ME SUIS MIS À CÔTÉ DE TOI POUR FAIRE DIVERSION, TU COMPRENDS ? PERSONNE NE DOIT SAVOIR, ALORS JE TE FAIS CONFIANCE ! SINON, ELLES ME FONT "COUIK COUIK" ET TOI APRÈS JE TE "COUIK" AUSSI ! COMPRIS ?!
GRRR

TU CROIS QU'ELLE DISAIT LA VÉRITÉ, HIER SOIR ? ELLE A TOUJOURS ÉTÉ UNE EXPERTE POUR ÉCOUTER DERRIÈRE LES PORTES...
J'EN SAIS RIEN... MÉLANIE EST PRÊTE À TOUT POUR MAMAN, À L'INVERSE DE MOI QUI SUIS PLUS PROCHE DE PAPA... MAINTENANT, JE NE SAIS PAS SI CE QU'ELLE DIT EST VRAI OU PAS...
TU SAIS, JE PENSE QUE TU AS ÉTÉ AUTANT DÉSIRÉE QUE NOUS... N'ÉCOUTE PAS CE QUE RACONTE MÉLANIE, TU SAIS BIEN QU'ELLE EST MÉCHANTE ET QU'ELLE PREND UN MALIN PLAISIR À NOUS FAIRE DU MAL.
MAIS SI C'ÉTAIT VRAI ? ET SI ON AVAIT VRAIMENT UN FRÈRE CACHÉ ? JE ME SENS PERDUE...
ÉCOUTE... POUR CETTE HISTOIRE DE FRÈRE, ÇA NE CHANGE RIEN, CE SERAIT PLUTÔT COOL, MÊME... ET DE TOUTE FAÇON, ON EST SŒURS, QUOI QU'IL ARRIVE... QUE MAMAN T'AIT DÉSIRÉE OU NON, PAPA T'AIME. ET MOI, JE NE TE LAISSERAI JAMAIS TOMBER, JE TE LE PRO...

MERCI...

MAIS NON ! PAS DU TOUT, JE T'ASSURE QUE...
ALORS COMME ÇA, TU ES AMOUREUSE DE THOMAS ?!
ÉCOUTE-MOI BIEN ! JE SAIS PARFAITEMENT QUE TU ES AMOUREUSE DE LUI, MAIS JE TE PRÉVIENS, JE NE TE LAISSERAI PAS T'EN APPROCHER !
MAIS ÉCOUTE SYLVIE, JE NE VOIS PAS DE QUOI TU PARLES ! JE SAIS JUSTE QUE THOMAS A ESSAYÉ À PLUSIEURS REPRISES DE M'EMBRASSER... EST-CE QUE C'EST POUR ÇA QUE T'ES MÉCHANTE AVEC MOI ?
OUI ! ET À PARTIR DE MAINTENANT, JE VAIS TE SURVEILLER ET TU NE BOIRAS PLUS UN SEUL VERRE D'ALCOOL !

BON... TOUT LE MONDE EST AU COURANT MAINTENANT, IL VA FALLOIR LA JOUER FINE...
JE VOIS PAS CE QUE ÇA CHANGE QUE TOUT LE MONDE SOIT AU COURANT, C'EST COMME SI ON JOUAIT CARTES SUR TABLE...
MAIS C'EST PAS VRAI, MON PLAN ÉTAIT DIVINEMENT CHARISMATIQUE !
?
DIS-MOI... D'APRÈS CE QUE RACONTE JUSTIN, TU AS FAIT EXPRÈS DE PERDRE HIER SOIR.
C'EST EXACT. JE VOULAIS ÉTUDIER LEUR JEU SANS QU'ILS PUISSENT CONNAÎTRE LE MIEN... FINALEMENT, CE MINI-TOURNOI M'A SAUVÉ LA VIE...
HEIN ??
BEN... SINON, J'AURAIS DÛ PERDRE AU STRIP POKER DANS LA NEIGE ET EXPOSER À LA LUMIÈRE DU MONDE MON DIVIN JAVELOT DE TIGNES !
BRRR
BRRRR
QU'EST-CE QU'IL Y A DE DRÔLE ?
PFHOUHOUHOUH!

QU'EST-CE QUI NE VA PAS DEPUIS HIER SOIR ?
NON, RIEN, T'INQUIÈTE PAS.
JE VOIS BIEN QUE ÇA VA PAS ! D'HABITUDE, TU BOUDES AUSSI, MAIS LÀ C'EST DIFFÉRENT...
JE TIENS ENFIN CELUI QUI A TUÉ MES PARENTS...

SALUT, MAX.
JE NE TE PARDONNERAI JAMAIS CE QUE TU AS FAIT CE SOIR-LÀ, TU M'ENTENDS ? ALORS C'EST PAS LA PEINE DE VOULOIR ME DIRE BONJOUR ET FAIRE COMME SI DE RIEN N'ÉTAIT !

À PLUSIEURS KILOMÈTRES DE LÀ...
ÉCOLE PRIVÉE I.DÉ.E.S.
INSTITUT POUR LE DÉVELOPPEDMENT DES ENFANTS SURDOUÉS
MADAME MÜLLER, QUELLE JOIE DE VOUS VOIR !

MADAME SNIKOV, TOUT LE PLAISIR EST POUR MOI... COMMENT VA MA PETITE JODIE ?
ELLE SE PORTE À MERVEILLE ET VOUS ATTEND AVEC SES CAMARADES DANS MON BUREAU... SUIVEZ-MOI.
MAMAN !
OH, MA CHÉRIE ! TU M'AS MANQUÉ !
CE SONT LES AMIS QUE TU AS SÉLECTIONNÉS POUR TON PREMIER TOURNOI ?
OUI... IL Y A MÉGANE, ESTHER, CORALIE ET BENOÎT !
ILS SONT TOUS PRESQUE AUSSI SURDOUÉS QUE MOI... LE TOURNOI DE LA BAULE EST À NOUS !

FIN DU TOME 3

FICHES PERSONNAGES
- ALL IN -

STÉPHANE VOLPE

C'EST LE GRAND FRÈRE DE THOMAS ET JULIE. SI SON PÈRE RÉGIS EST LE DIEU DU MENSONGE ET DE L'ENTOURLOUPE, STÉPHANE, BIEN QUE PRÉVISIBLE, CHERCHE PAR TOUS LES MOYENS À DÉFENDRE SON TITRE D'HÉRITIER AU TRÔNE. IL IMPOSE SON PROPRE STYLE : VULGAIRE ET GROSSIER. IL FAUT DIRE QUE SI THOMAS S'EST PRIS QUELQUES RACLÉES À CAUSE DE SON ARROGANCE ET DE SON CULOT, STÉPHANE, LUI, EN A PRIS DAVANTAGE PAR SON OBSCÉNITÉ, CE QUI N'A RIEN ARRANGÉ À SON CERVEAU ET À SON NIVEAU INTELLECTUEL. MALGRÉ TOUT, SON IMAGE DE MALPROPRE IMPOLI EST UN ATOUT QUI LUI SERT À CACHER TOUTE SA RUSE SOUS UNE FAÇADE DE LOURDAUD. IL EST CAPABLE DES PIRES MANIPULATIONS ET SE MONTRE REDOUTABLE AU POKER.

MÉLANIE MÜLLER

IL S'AGIT DONC DE LA SŒUR JUMELLE DE STÉPHANIE. BEAUCOUP PLUS PROCHE DE SA MÈRE QUE SES AUTRES SŒURS, MÉLANIE S'EST TOUJOURS MISE À L'ÉCART ET S'ARRANGE POUR LEUR FAIRE DU MAL. PASSIONNÉE DE FILMS D'ESPIONNAGE, ELLE SE PREND DEPUIS SON ENFANCE POUR UN AGENT SECRET. EN ATTENDANT D'ÊTRE REMARQUÉE PAR LA CIA, ELLE SE MET AU SERVICE DE SA MÈRE POUR L'AIDER À DÉJOUER LES PLANS DE SON PÈRE. À 15 ANS, AU COURS DU TOURNOI DES LYCÉES ORGANISÉ PAR SA SŒUR CATHY, MÉLANIE A RECRUTÉ UNE ÉQUIPE DE VOYOUS ET TENTÉ PAR TOUS LES MOYENS DE GAGNER LA PREMIÈRE PLACE. CETTE AVENTURE S'EST MAL TERMINÉE ET CATHY NE LUI A JAMAIS VRAIMENT PARDONNÉ.

PASCALINA MARTIN

JEUNE BRÉSILIENNE ORPHELINE, ELLE A ÉTÉ PLACÉE DANS PLUSIEURS FAMILLES AVANT DE FINIR DANS UN ORPHELINAT OÙ ELLE RENCONTRA QUENTIN. ILS VONT DEVENIR INSÉPARABLES. MYTHOMANE ET CLEPTOMANE, PASCALINA ADORE LE MILIEU DE LA JET SET, DU LUXE ET DE LA NUIT. HABITUÉE À OBTENIR CE QU'ELLE DÉSIRE, ELLE A FALSIFIÉ SON IDENTITÉ POUR ENTRER DANS LES CASINOS MÜLLER À LA BAULE ET Y CÔTOYER DU BEAU MONDE. LE POKER EST DEVENU ALORS POUR ELLE LE MEILLEUR MOYEN DE RENCONTRER DES FLAMBEURS ET DES PERSONNALITÉS. SUBTILE ET RUSÉE, LES CHEFS DE TABLES ET LES VIDÉOS DE SURVEILLANCE N'ONT JAMAIS RÉUSSI À LA PRENDRE SUR LE FAIT, MALGRÉ LES SOUPÇONS QUI PLANENT SUR ELLE. PASCALINA EST AUJOURD'HUI L'UNE DES JOUEUSES LES PLUS À CRAINDRE EN TOURNOI CAR C'EST LA REINE DES TRICHEUSES.

QUENTIN LAURENTINI

IL VIENT DU MÊME ORPHELINAT QUE PASCALINA. IL PRÉTEND ÊTRE L'ENFANT ADOPTIF D'UN MAFIEUX NAPOLITAIN. FAN DE FILMS DE GANGSTER ET DE HIP-HOP AMÉRICAIN, IL SE PREND POUR UNE TERREUR ET JOUE AU CAÏD. IL EST DE TOUS LES SALES COUPS, IL EST PRÊT À TOUT ET N'A PEUR DE RIEN. C'EST LUI QUI EST À L'ORIGINE DE L'ACCIDENT SURVENU AU TOURNOI DES LYCÉES QUI A FAIT METTRE JUSTIN EN PRISON ET QUI A POUSSÉ MAXIMILIEN À RENTRER AU SÉMINAIRE. GRÂCE À UN AVOCAT ITALIEN, IL A PU ÊTRE INNOCENTÉ ET S'EST MÊME FAIT PASSER POUR UNE VICTIME. AU POKER, CE N'EST PAS UN JOUEUR REDOUTABLE, IL EST MÊME PLUTÔT MAUVAIS ET S'ÉNERVE RAPIDEMENT. NON, LÀ OÙ IL FAUT S'EN MÉFIER, C'EST DANS LA RUE. IL EST CAPABLE DES PIRES CHANTAGES ET OBLIGE SOUVENT SES ADVERSAIRES À ABANDONNER EN TOURNOI.

ANOUK DE LA LAVANDIÈRE MÜLLER

FEMME DE POUVOIR, ELLE EST LA MÈRE DE CATHY, MÉLANIE, STÉPHANIE, FANNY ET JODIE. AU COURS D'UN TOURNOI DE POKER ORGANISÉ PAR MONSIEUR DE LA LAVANDIÈRE, SON PÈRE, ELLE A FAIT LA RENCONTRE D'ALAIN MÜLLER QUI L'A CHARMÉE ET FINALEMENT ÉPOUSÉE. À LA MORT DE SON PÈRE, ELLE EST DEVENUE L'UNIQUE HÉRITIÈRE D'UNE GRANDE FAMILLE ARISTOCRATIQUE FRANÇAISE, INFLUENTE DANS LE MONDE DE LA CULTURE ET DU DIVERTISSEMENT. AVEC L'AIDE DE SON MARI, ILS S'EFFORCENT DE FAIRE PROSPÉRER LES AFFAIRES DE LA FAMILLE AINSI QUE DE FAIRE PERDURER L'ESPRIT, L'IMAGE ET LA LÉGENDE DES DE LA LAVANDIÈRE. ILS ONT AINSI ACQUIS PLUSIEURS ÉTABLISSEMENTS PRESTIGIEUX DANS LES PLUS GRANDES STATIONS TOURISTIQUES FRANÇAISES, SUR LA CÔTE D'AZUR ET SUR LA CÔTE ATLANTIQUE.

JODIE MÜLLER

LA PLUS JEUNE DES SŒURS MÜLLER N'A QUE 11 ANS ET ÉTUDIE DANS L'ÉCOLE PRIVÉE I.DÉ.E.S (INSTITUT POUR LE DÉVELOPPEMENT DES ENFANTS SURDOUÉS). ELLE N'A JAMAIS PARTICIPÉ À AUCUN TOURNOI DE POKER, ON NE SAIT DONC PAS DE QUOI ELLE EST CAPABLE. LA SEULE CHOSE QUE L'ON SAIT, C'EST QUE SA MÈRE A DÉCIDÉ DE L'INSCRIRE DANS CETTE ÉCOLE DE SURDOUÉS ET A FAIT UNE GROSSE DONATION À L'INSTITUT. JODIE, QUI N'ÉTAIT POURTANT QU'UNE ÉLÈVE ORDINAIRE, EST ENCADRÉE PAR DES ENSEIGNANTS QUI CROIENT QU'ELLE A UN FORT POTENTIEL ET PAR DES ÉLÈVES DOTÉS D'UN GROS Q.I., CE QUI L'OBLIGE À DONNER LE MEILLEUR D'ELLE-MÊME ET À RÉVEILLER LE GÉNIE EN ELLE.

YVES ZISSI

NÉ À MARSEILLE, YVES EST UN FAN DE FOOT ET DE PASTIS. IL A PASSÉ SON ADOLESCENCE DANS LES MONTAGNES TOUT EN GARDANT EN TÊTE LE SOLEIL ET LA MER. IL PREND LA VOIE DES FOURNEAUX APRÈS LE LYCÉE, ET SE RETROUVE COMMIS DE CUISINE CHEZ UN CHEF CUISINIER RENOMMÉ. CE DERNIER L'AMÈNE EN MER SUR LE YACHT PRIVÉ PUIS DANS LA RÉSIDENCE DES MISHIMAS AU JAPON, OÙ IL FAIT LA RENCONTRE DE JENNYFER ENCORE ENFANT. IL VA LUI APPRENDRE L'ART DE JOUER AU POKER EN SECRET, ET FAIRE D'ELLE SON COMPAGNON DE BEUVERIE. LORSQUE MISHIMA SAN S'EN APERÇOIT, IL INTERDIT À SA FILLE DE JOUER AU POKER ET MET YVES À LA PORTE. YVES S'INSTALLE DANS LES HAUTES ALPES ET ENTRE AU SERVICE DE CATHY COMME CUISINIER DANS SON HÔTEL.

ALL IN VERSION YAOI !!!

YAOI EST EN FAIT L' ACRONYME DE *YAMA* NASHI, *O*CHI NASHI, *I*MI NASHI CE QUI SIGNIFIE : "PAS DE MONTAGNE, PAS DE CHUTE, PAS D'HISTOIRE"

UNE PARTIE DE POKER ?
Y'A UN TOURNOI DE POKER PAS LOIN, ÇA TE DIT D'ALLER JETER UN ŒIL ?
ALLEZ, POURQUOI PAS !!!
AH ! VOILÀ, C'EST LÀ !
?!!
ON DIRAIT UN FESTIVAL DE COSPLAY... T'ES SÛR QUE C'EST VRAIMENT UNE PARTIE DE POKER ?

FAMILLE NOMBREUSE

UN BEL AVENIR
ÉCOUTE-MOI BIEN, MA PETITE CHÉRIE. L'IMPORTANT, C'EST QUE TU NE RESSEMBLES JAMAIS, JAMAIS, JAMAIS À TES SŒURS. TU VAUX MIEUX QUE ÇA ! J'ESPÈRE QUE TU L'AS BIEN COMPRIS, JODIE !
!!!
...
TAP TAP TAP TAP
MAIS JE VEUX ÊTRE COMME ELLES !!!

LE MEILLEUR JOUEUR DE L'UNIVERS
EST-CE VRAIMENT NÉCESSAIRE ?
TU LE SAIS BIEN, JEUNE PADAWAN.
VRAIMENT ? JE SAIS PAS...
TU DOIS ME CROIRE ET ALLER JUSQU'AU BOUT, SI TU VEUX DEVENIR LE MEILLEUR.
JE LE...
SAVAIS...
HA HA HA
T'ES TROP DÉBILE !
HA HA HA
POM !
POM !
POM !!

RÈGLES DE BASE DU TEXAS HOLD'EM

Le Texas Hold'em est l'une des variantes du poker les plus à la mode, qui se joue généralement avec 52 cartes. Le "Végas", nom français de cette variante, se déroule en plusieurs séquences de jeu: distribution des cartes, enchères, tirage d'un tableau de 3 cartes, le "Flop", enchères, tirage d'un carte supplémentaire, le "Turn", enchères et tirage d'une dernière carte, la "River", dernier tour d'enchère et abattage des mains pour déterminer le vainqueur. Le but est d'avoir la meilleure combinaison possible, de 5 cartes en tout, à l'aide des 5 cartes communes et des 2 cartes privatives.

Avant que les cartes ne soient distribuées, il faut payer les blinds et dans certaines configurations de parties, des Antes.

LE DEALER :

De façon générale pour les tournois en salle ou en ligne, il y a un croupier qui distribue les cartes. Cependant, au Texas Hold'em, chaque joueur se retrouve à un moment dans la partie à être le Dealer, c'est-à-dire qu'il est désigné par un jeton, que l'on nomme Bouton et qui tourne dans le sens horaire à chaque joueur. Lorsqu'il y a pénurie de croupier, c'est celui qui a le Bouton qui distribue les cartes. Le joueur qui a le Bouton parlera en dernier à chaque tour d'enchère et il ne doit pas payer de Blind sur le premier tour.

LES BLINDS :

Les blinds représentent les mises minimum de départ obligatoires, et sont payées en début de partie. Seuls les joueurs assis directement à la gauche du donneur, celui qui a le Bouton, sont concernés. Le premier montant de Blind est fixé en début de partie, et augmente généralement en cours de partie. La deuxième Blind, appelée Big Blind ou Sur Blind, équivaut au double de la première mise. Les Blinds attendront un tour de table pour parler durant le premier tour d'enchères, vu qu'ils ont déjà payé, ce qui leur donne un avantage sur le début de partie pour savoir qui joue, qui mise et qui se couche.

LA DONNE :

Chaque joueur reçoit 2 cartes qu'il doit tenir face tournée contre la table, devant lui. Le tour de distribution des cartes se fait en 2 tours dans le sens horaire, en commençant par le joueur assis directement à la gauche du donneur, le Small Blind et ainsi de suite jusqu'au Bouton, dernier servi. Après un premier tour d'enchère, le donneur "brûle" une carte qu'il ne dévoile pas et en retourne 3 au milieu pour constituer le Flop, après un nouveau tour d'enchère, une nouvelle carte est brûlée et une seule est retournée, c'est le "Turn" au centre pour compléter le Flop, nouveau tour d'enchère et enfin une dernière carte brûlée et une nouvelle carte retournée pour la "River".

LES ENCHÈRES (tours de mise) :

Au Texas Hold'Em, il y a en tout 4 tours d'enchères (pré-flop, flop, turn et river). Après la distribution des cartes, chaque joueur a son tour de parole. Au premier tour d'enchère, c'est la personne assise directement à la gauche du Big Blind qui parle. Le joueur a donc plusieurs choix, il peut se coucher, s'il estime que les cartes qu'on lui a données ne lui permettent pas de remporter la main, payer son droit d'entrée en suivant, c'est-à-dire en payant le montant minimum fixé par le Big Blind, ou relancer en misant plus que le Big Blind. À ce premier tour de mise, le Small Blind peut quant à lui se coucher s'il estime que son jeu n'est pas assez bon, ou suivre en payant la mise nécessaire et même relancer s'il a un très bon jeu. C'est le Big Blind qui parle en dernier: il peut se coucher ou suivre s'il y a eu une relance par un autre joueur, "checker" si personne n'a relancé en misant davantage, alors un nouveau tour de parole commence avant le tirage du flop. À partir du deuxième tour d'enchère, après le tirage du flop, c'est la personne directement assise à côté du Bouton qui parle en premier, généralement le Small Blind. Si ce dernier s'est couché au premier tour, c'est à la personne qui suit cette position et ainsi de suite, toujours dans le sens horaire. Il est important que tous les joueurs en jeu se soient acquittés du dernier montant de mise, avant de tirer une nouvelle carte. Lorsque personne ne mise, que tout le monde passe (check) au bout d'un tour complet, on peut tirer une nouvelle carte au tableau et entamer un nouveau tour de mise.

DÉROULEMENT TYPE D'UNE PARTIE

1) LES BLINDS

Les deux joueurs assis directement à la gauche du Bouton paient leurs montants de départ respectifs avant de recevoir leurs cartes.

2) LA DONNE

Chaque joueur en commençant par le Small Blind reçoit 2 cartes fermées en 2 tours horaires

3) 1ER TOUR DE MISE PRÉ-FLOP

Chaque joueur prend son tour de parole et décide de se coucher (fold), de suivre (call) ou de miser, relancer (Bet ou Raise). Le premier à parler est le joueur qui suit directement après le Big Blind qui est, quant à lui, le dernier à avoir la parole. Le tour d'enchère s'arrête quand tous les joueurs ont parlé et payé un montant égal de mise.

4) TIRAGE DU FLOP

Une carte est brûlée (face non visible) et 3 cartes sont retournées (face visible) au centre de la table et constituent le flop.

5) 2ÈME TOUR DE MISE FLOP

Chaque joueur prend son tour de parole pour passer (checker), miser (raise) ou se coucher (fold). La première personne à parler est le joueur encore en jeu assis directement à la gauche du Dealer (bouton) et la dernière personne est le Dealer ou la personne avant lui si ce dernier s'est couché au tour précédent. Même principe qu'au tour précédent, tous les joueurs doivent avoir payé le même montant pour continuer.

6) TIRAGE DU TURN

Une carte est brûlée, et une nouvelle carte, face visible, vient compléter le tirage des cartes cartes communes.

7) 3ÈME TOUR DE MISE AU TURN

Même principe qu'au tour précédent.

8) TIRAGE DE LA RIVER

Une carte est brûlée et une 5ème et dernière carte est ajoutée au tableau.

9) 4ÈME TOUR DE MISE DE LA RIVER

Dernier tour de mise

10) SHOWDOWN ABATTAGE

Si tout le monde s'est couché, le joueur qui remporte la main n'est pas obligé de montrer ses cartes, mais si toutes les mises ont été payées jusqu'au bout, alors les joueurs qui se disputent le pot doivent montrer leur main. Les mains sont constituées des 2 cartes privatives et des 5 cartes communes. Seule la meilleure combinaison de 5 cartes gagne et remporte le pot.

11) CAS SPÉCIFIQUES

a) All In (tapis)

Chaque joueur en cours de partie a le droit de faire tapis quand il le désire, s'il estime que son jeu est le meilleur ou s'il veut faire peur à ses adversaires et les obliger à se coucher.

b) Side Pot

Si un joueur fait tapis en cours de partie, mais que les joueurs encore en jeu veulent continuer de miser. Dans ce cas on paie le montant équivalent au tapis et on le met à part avec les mises précédentes, cela constitue le pot éventuel que le joueur qui a fait tapis peut remporter. Les autres joueurs pourront continuer de miser jusqu'au Showdown. À l'abattage, le joueur qui a fait tapis montre son jeu : si sa main est la plus forte, il remporte le pot qui lui est réservé, le reste est remporté par la deuxième meilleure main, sinon le tout revient à celui qui a la meilleure combinaison.

c) égalité ou partage :

En cas d'égalité, on partage le pot entre les joueurs qui ont la même combinaison de force équivalente.

PSYCHOLOGIE

Ne pas jouer les cartes, mais les joueurs !

OBSERVATION

Un bon joueur est un joueur attentif, capable de déceler le style de ses adversaires, en analysant leurs comportements. Il peut comprendre leur façon de penser à travers chaque geste ou parole, qui sont de véritables indices pour cerner le profil de chacun. Au cours d'une partie, à défaut de voir les cartes de son adversaire, on peut toujours observer son attitude, et c'est là que sont les seules informations qui permettent de prendre les bonnes décisions. Soyez donc concentrés pour saisir tout ce qui se passe pendant une partie, les tics nerveux, les signes de stress comme les commentaires et les conversations à la table de jeu. Vos adversaires aussi vous observent et vous testent comme tous les autres joueurs présents, afin d'en savoir davantage, restez donc sur vos gardes et soyez vigilants. Il existe évidemment plusieurs styles et autant de nuances de caractère. Sans parler de stéréotypes, il faut simplifier à l'extrême pour comprendre rapidement quel type de joueur on rencontre. Comme nous l'avons **vu dans le volume 1**, au poker on peut jouer « **Large** » (*Loose*) ou « **Serré** » (*Tight*) tout en adoptant un comportement « **Passif** » ou « **Agressif** ».

LARGE-PASSIF :

Il s'agit d'un joueur qui sélectionne très peu ses mains, c'est-à-dire qu'il joue presque à tous les coups et part avec n'importe quelle carte. De plus il prend rarement l'initiative de miser ou de relancer, il va tout simplement payer et suivre le mouvement général. On l'appelle aussi le « **Fish** », ce qui veut dire littéralement le « poisson » qui va mordre à l'appât et payer à tous les coups. Bien qu'au final tout repose sur la chance, le « Large-Passif » va compenser sur quelques coups en bluffant et ainsi tenter de se refaire. Mais il faut partir du principe que s'il relance, ce qui peut arriver chez ce type de joueur, c'est qu'il a du jeu.

LARGE-AGRESSIF :

Le roi de la relance, il ne rate aucun coup, c'est un « **maniaque** » qui part avec n'importe quelle carte, lui aussi, et qui relance extrêmement souvent. Attention à ne pas le voir uniquement comme un gros bluffeur,, il est capable de faire des analyses du jeu redoutables. Souvent perdant à la longue, parce qu'il est facilement identifiable, il reste néanmois dangereux et il ne peut être battu qu'avec de très bonnes cartes.

SERRÉ-FAIBLE :

Quand ce joueur décidera de rentrer dans un coup, il aura sûrement de très bonnes cartes en main, il ne faut l'affronter que lorsqu'on a les « **nuts** » (la meilleure combinaison possible). Il se reconnaît à sa façon de miser, il pousse ses jetons avec peu d'assurance. Patient, il sélectionne ses cartes, et attend d'avoir des cartes rassurantes et qui lui donnent suffisamment confiance pour se lancer dans un coup. Il vaut mieux se coucher ou bluffer un max, et surtout se montrer très agressif pré-flop contre ce type d'adversaire qui reste prévisible et facile. Mais il joue du gros jeu, il faut donc le prendre au sérieux.

PASSIF :

On l'appelle aussi « **Calling Station** », peu importe qu'il soit large ou serré, ce type de joueur est souvent inactif, il est rare de le voir relancer ou simplement miser, il va plutôt checker ou suivre. S'il paie, il a sûrement du jeu, ce joueur ne bluffera presque jamais ou très rarement : il ne faut donc pas compter sur lui pour mettre de l'action à table. Ne pas hésiter à miser pour l'obliger à se coucher, il n'a qu'une très faible notion de force à ce jeu et préfèrera subir en payant et voir ce qui se passe. Cependant, ce type de joueur ne suit pas pour rien et peut cacher sous son aspect de poupée de chiffon de très bonnes cartes : c'est ce qu'on appelle le « **slowplay** ».

PASSIF :

Voici le style de jeu le plus redoutable, c'est lui qu'il faut garder à l'œil. Tout débutant devrait adopter ce style qui est la posture la plus efficace, avant d'évoluer vers un style qui lui convient le mieux. Le « Serré-Agressif » sélectionne ses mains, il part donc souvent avec des cartes fortes ou des paires servies, les défend et joue la position. Il pratique donc un jeu solide, ce qui veut dire qu'à chaque fois il va aller jusqu'à l'abattage avec de très fortes chances de remporter le pot. Mais il va surtout tout faire pour faire coucher ses adversaires en misant et en relançant, voire en sur-relançant. L'inconvénient, c'est qu'il est parfaitement lisible : s'il ne varie pas son jeu en s'accordant des périodes de jeu large, le « Large-Agressif » finit par ne remporter que des blinds.

TABLEAU DES COMBINAISONS

CARTE HAUTE R♥ V♠ 8♥ 6♦ 4♣	Si aucune paire ou autres combinaisons, la main avec la ou les cartes les plus fortes remporte le pot.
PAIRE D♣ D♦ 10♣ 8♥ 5♦	La plus petite combinaison gagnante est la Paire, 2 cartes de même valeur. Si les joueurs ont la même paire en main, c'est celui qui a les meilleures cartes en comptant celles du tableau qui gagne.
DOUBLE PAIRE V♠ V♣ 7♥ 7♠ 9♥	La Double Paire est une combinaison avec 2 paires.
BRELAN R♥ R♠ R♦ V♣ 7♣	Le Brelan est une combinaison constituée de 3 cartes identiques.
SUITE 4♥ 5♣ 6♠ 7♦ 8♥	La Suite (ou Quinte) est un tirage de 5 cartes qui se suivent, peu importe la couleur.
COULEUR 2♥ V♥ 6♥ 9♥ As♥	La Couleur (ou Flush) est un tirage de 5 cartes assorties, peu importe si elle se suivent ou non.
FULL 6♣ 6♥ 6♠ D♥ D♦	Un Full est une main complète faite d'un Brelan et d'une Paire.
CARRÉ 10♦ 10♣ 10♥ 10♠ 2♦	Le Carré est une combinaison de 4 cartes de même valeur.
QUINTE FLUSH 6♦ 7♦ 8♦ 9♦ 10♦	La Suite Couleur (ou la Quinte Flush) est une main très forte, composée de 5 cartes assorties qui se suivent.
QUINTE FLUSH ROYALE 10♥ V♥ D♥ R♥ As♥	La Quinte Flush Royale est la combinaison la plus forte, c'est une suite couleur à l'As. Quand vous l'avez, vous êtes sûr de gagner...

PARLONS LE POKER !

VOICI UN RAPIDE GLOSSAIRE DES TERMES QUE L'ON PEUT ENTENDRE AUTOUR D'UNE TABLE...

-A-

ALL IN : (TAPIS) MISER TOUT SES JETONS

ANTE : MISE DE DÉPART OBLIGATOIRE POUR TOUS LES JOUEURS, ÇA NE S'APPLIQUE QUE LORS DE CERTAINS TOURNOIS

ABATTAGE : APRÈS LE TOUR DE MISE DE LA RIVER, UNE FOIS TOUTES LES MISES PAYÉES, LES JOUEURS MONTRENT LEURS CARTES.

ASSORTIES : LES CARTES SONT DE LA MÊME COULEUR OU FAMILLE

-B-

BAD BEAT : MAIN BATTUE PAR UNE MAIN MEILLEURE ALORS QU'ELLE ÉTAIT FAVORITE ET AVAIT DE FORTES CHANCE DE GAGNER

BANKROLL : C'EST LE CAPITAL D'UN JOUEUR

BLIND : MISE OBLIGATOIRE AVANT DISTRIBUTION DES CARTES, SES MISES SONT PLACÉES PAR LES 2 JOUEURS QUI SE TROUVENT DIRECTEMENT À LA GAUCHE DU DEALER.

BOARD : TABLEAU, C'EST LE TIRAGE DES CARTES COMMUNES

BOTTOM PAIR : LA PLUS PETITE PAIRE DU FLOP

BOUTON : LE JETON DEALER

BULLE : PLACES PAYÉES EN TOURNOI

BUY-IN : MONTANT DU TAPIS EN DÉBUT DE PARTIE, LE PRIX À PAYER POUR S'ASSEOIR À UNE TABLE

-C-

CALL : SUIVRE EN PAYANT LA MÊME MISE QUE LES JOUEURS PRÉCÉDENTS

CALLING STATION : JOUEUR QUI NE FAIT QUE SUIVRE EN PAYANT LES MISES

CHASE : PAYER SANS AVOIR SON JEU : DE FAIT, EN ATTENDANT DE FAIRE SON TIRAGE

CHECK : RESTER DANS LE COUP SANS MISER, SI PERSONNE N'A MISÉ AVANT, SOIT ON DIT CHECK, SOIT ON TAPE 2 COUPS SUR LA TABLE

CHECK-RAISE : EMBUSCADE, APRÈS AVOIR CHECKÉ SON TOUR, LE JOUEUR A ATTENDU QUE L'UN DE SES ADVERSAIRES MISE ET EN PROFITE POUR LE RELANCER

CONNECTEURS : DES CARTES QUI SE SUIVENT, PAR EXEMPLE 7 ET 8

COTE : CE QU'IL FAUT CONNAÎTRE POUR MISER CONVENABLEMENT, ELLE EXPRIME LE RATIO SOIT DE LA MISE À PAYER PAR RAPPORT AU POT, SOIT LA PROBABILITÉ D'AMÉLIORER SA MAIN. PAR EXEMPLE UNE COTE DE 3:1 (3 CONTRE 1) EXPRIME UN POURCENTAGE DE 25 %

COTE IMPLICITE : CETTE COTE TIENT COMPTE DES MISES À VENIR, C'EST UNE ESTIMATION À COMBIEN PEUT S'ÉLEVER UN POT

CUTOFF : DÉSIGNE LE JOUEUR PLACÉ AVANT LE BOUTON

-D-

DEALER : C'EST LE DONNEUR, LE JETON DOIT TOURNER DANS LE SENS HORAIRE À CHAQUE COUP

DRAWING DEAD : UNE MAIN BATTUE D'AVANCE ET QUI NE PEUT GAGNER MÊME SI ELLE EST AMÉLIORÉE

-F-

FAMILY POT : LORSQUE TOUS LES JOUEURS À LA TABLE PAIENT POUR JOUER LE COUP

FLOP : C'EST LE PREMIER TIRAGE DES 3 PREMIÈRES CARTES DU TABLEAU

FOLD : SE COUCHER

FREEZEOUT : TOURNOI À ÉLIMINATION DIRECTE

-H-

HARDPLAY : JOUEUR QUI A UNE MAIN FORTE ET QUI LA JOUE AGRESSIVEMENT

-K-

KICKER : C'EST LA CARTE QUI DÉPARTAGE LES JOUEURS QUI ONT LA MÊME MAIN, SOUVENT DANS LE CAS D'UNE PAIRE COMMUNE, CELUI QUI A LA 2ÈME CARTE LA PLUS FORTE REMPORTE LE POT.

-L-

LIMIT : LES MISES SONT PLAFONNÉES
LIMP : PAYER SANS RELANCER EN PRÉ-FLOP

-M-

MUCK : JETER SES CARTES

-N-

NO-LIMIT : IL N'Y A PAS DE PLAFOND DES MISES
NUTS : MEILLEURE COMBINAISON POSSIBLE DANS UN COUP

-O-

ODDS : COTE
OUT : CARTES PERMETTANT D'AMÉLIORER SA MAIN AU TURN OU À LA RIVER
OVER (-CARD ; -PAIR) : CARTE OU PAIRE SUPÉRIEURE AU FLOP

-P-

PASSIF : JOUEUR QUI NE PREND PAS L'INITIATIVE DE RELANCER ET SE CONTENTE DE PAYER
POCKET PAIR : PAIRE SERVIE EN MAIN
POT LIMIT : LES MISES NE PEUVENT EXCÉDER LE MONTANT DU POT
PRÉ-FLOP : PREMIER TOUR DE MISE AVANT LE TIRAGE DU FLOP

-R-

RAKE : POURCENTAGE DES GAINS QUE RAMASSE LA BANQUE D'UN CASINO SUR CHAQUE COUP
RAINBOW : FLOP TRICOLOR
RAISE : RELANCER
RE-BUY : RECAVER, RACHETER UN TAPIS POUR CONTINUER LA PARTIE LORSQU'ON VIENT DE SE FAIRE ÉLIMINER
RIVER (FIFTH STREET) : 5ÈME ET DERNIÈRE CARTE DU TABLEAU

-S-

SATELLITE : TOURNOI DE QUALIFICATION POUR UN GRAND TOURNOI
SERRÉ (TIGHT, SERRURE) : JOUEUR QUI SÉLECTIONNE SOIGNEUSEMENT SES MAINS
SHORT STACK : JOUEUR À LA TABLE AYANT LE PLUS PETIT TAPIS
SHOWDOWN : ABATTAGE
SIT'N GO : TOURNOI NON PLANIFIÉ
SLOWPLAY : JOUER UNE MAIN FORTE EN MISANT PEU OU PAS DU TOUT POUR TROMPER SES ADVERSAIRES

-T-

TABLEAU (BOARD) : LES CARTES COMMUNES DU HOLD'EM FLOP, TURN ET RIVER
TELL : INDICATION VISIBLE SUR LA MAIN D'UN ADVERSAIRE
TILT : JOUEUR SUBMERGÉ PAR SES ÉMOTIONS
TIRAGE : TENTATIVE D'AMÉLIORER SA MAIN AVEC DES CARTES COMPLÉTANT LE TABLEAU
TIRAGE PAR LES 2 BOUTS : POSSIBILITÉ DE QUINTE AVEC SOIT UNE CARTE SUPÉRIEURE SOIT UNE CARTE INFÉRIEURE. EXEMPLE : NOTRE MAIN 3 ET 4 ET LE TABLEAU AU FLOP 5 - 6 - ROI, LA QUINTE PEUT SE FAIRE SOIT AVEC UN 2 SOIT AVEC UN 7, 7 ÉTANT LA MEILLEURE QUINTE
TIRAGE PAR LE VENTRE (GUTSHOT) : QUINTE NE POUVANT ÊTRE AMÉLIORÉE QUE PAR UNE SEULE EXTRÉMITÉ
TOP PAIR : MEILLEURE PAIRE DU FLOP
TURN (FOURTH STREET) : 4ÈME CARTE ET AVANT DERNIÈRE DU TABLEAU

-U-

UNDER THE GUN (UTG) : JOUEUR QUI EST ASSIS DIRECTEMENT APRÈS LE GROS BLIND, PREMIER À PARLER EN PRÉ-FLOP

OMEGA
COMPLEX
TOME 1 PULSAR
Les Humanoïdes Associés

Rendez-vous en
FEVRIER 2009
Sam. 7 : 9h30/19h
Dim. 8 : 9h30/19h
ESPACE CHAMPERRET
Place de la porte Champerret
7e édition
PARIS MANGA
Cosplay
Animations
Jeux vidéo
Culture Asie
Expositions
Jeux Musicaux
Arts Martiaux
Dessinateurs
Projections
Concours
Karaoké
Boutiques
Fanzines
J-Music
Invités
Renseignements : 01.47.45.50.37 www.parismanga.fr
NOLIFE
GAME ONE
ANIMELAND
LIVING ACTION GAME
Role Playing Game
Glénat
SHOGUN
Bulle
ANIMA
beez
le mouv
EDG
Pif
PIKA EDITION
www.pika.fr
Nintendo League
meluzine.org
coyote
KAZE
www.kaze.fr
SOHEI
WASABI
Mosaic
MANGAPOP.COM
ASIAN QUEST
Khimaira
COMICVERSE.FR
MO5.COM
préserver, étudier, rejouer
ASUKA
Les Humanoïdes Associés
FANATOYS.COM
LES ANNEES LASER
kana

Les Humanoïdes Associés

All In Tome 3

N'DISH / XIAN NU STUDIO
Première édition : 2009 - Les Humanoïdes Associés

D'après une histoire crée par N'Dish et Irons.D

Dépot Légal MARS 2009
ISBN : 978 2 7316 2194 5
43 1411 8

Conception Graphique : N'DISH

Une collection créée et dirigée par Guillaume Dorison.

Achevé d'impimer en mars 2009
sur les presses de l'imprimerie Aubin en France.